그래도 남는 마음

그래도 남는 마음

초판 1쇄 인쇄 2024년 4월 25일
초판 1쇄 발행 2024년 4월 27일

저   자 황수연
발행인 박지연
발행처 도서출판 도화
등   록 2013년 11월 19일 제2013−000124호
주   소 서울시 송파구 중대로34길 9−3
전   화 02) 3012−1030
팩   스 02) 3012−1031
전자우편 dohwa1030@daum.net
인   쇄 유진보라

ISBN 979−11−92828−52−7 *03810
정가 13,000원

도화道化, fool는

고정적인 질서에 대한 익살맞은 비판자,
고정화된 사고의 틀을 해체한다는 뜻입니다.

그래도 남는 마음

황수연 소설집

도화

어릴 때부터 나는 인쇄된 활자를 무척 좋아했다. 하지만 그렇게 좋아하는 활자를 접할 기회는 자주 갖지 못했다. 학교조차 군내에선 남녀공학인 중고등학교가 하나뿐이었고, 동네친구의 언니 오빠가 읽는 학원과 주부생활, 교사들이 읽는 월간지 정도가 내가 접할 수 있는 활자의 전부였다. 그러다가 겨우 중학교에 들어가서 정기적으로 읽을 수 있는 『학원』이 내 손안에 들어 왔을 때의 감격이란, 세상을 다 얻은 것 같은 기쁨이었다. 매월 꼬박꼬박, 틀림없이, 내가 좋아하는 재미난 이야기가 실린 책을 확보했다는 안도감 때문이었다. '이야기를 좋아하면 가난하게 산다'는 말은 당시 나에겐 통하지 않았다. 직장생활과 결혼, 육아로 50이 넘어 일반 사람들이 소비한 시간의 몇 배를 투자해 돌고 돌아 겨우 얻어낸 글쓰기의 길. 내가 좋아하고 평생을 하고 싶었던 길이 드디어 열렸을 때의 다짐은, 활자가 보이고 건강이 허락하는 날까지 읽고, 쓰기를 이어가고 싶다는 것이었다. 잘 쓴 글을 볼 때면 공연히 기가 죽어 며칠을 읽던 책조차 덮고 좌절에 빠졌고, 내가 이 짓을 왜 하나 회의가 들기를 수백 번, 어느새 이순耳順이 넘어버렸다. 누가 시킨 것도 아니고, 다른 친구들처럼 이젠 여유작작 놀러 다니고, 맛난 거 먹고, 지내면 될 터인데, 혼자 시위를 하다가도 이틀을 못 넘기고 다시 활자를 집어 들었다.

그동안 틈틈이 써놓았던 이웃, 혹은 내 인생의 독백 같은 이야기들을 나 혼자만 간직하지 않고, 누구든 하고 싶은 일이 있으면 끝까지 포기하지 말고 도전해보라는 생각에, 서툴고 부끄러운 이야기들을 세상에 내놓으려 한다. 지금도 나처럼 글쓰기가 하고 싶지만, 여러 가지 이유로 용기를 내지 못하는 사람들에게 티끌만큼이라도 도움이 되었으면 좋겠다. 많이 부족한 글이지만 너그럽게 보아주기를 기도하며….

10년을 넘게 글쓰기 언저리만 맴돌았던 나를 링 안으로 불러들여 따뜻하게 맞아 주었던 구효서 선생님, 함께 공부한 문우들, 가족들에게 감사한 마음을 전한다.

차례

작가의 말

그래도 남는 마음

'아무래도 다시 들여놓아야겠어.'

최대한 걸음을 빨리했다. 37.5도. 한낮의 도로는 햇빛으로 달구어져 불가마 같았다. 쉴 새 없이 땀줄기가 등을 타고 흘러내렸다. 도시는 죽은 듯 숨을 멈췄다. 길을 지나다니는 사람들조차 보이지 않았다. 모두들 이 난폭한 불청객이 지나가기만을 기다리는 모양이었다. 방송도 문자도 그냥 집안에만 있으라고, 밖으로 나가지 말 것을 당부했다. 하지만, 나는 그럴 수가 없었다. 아침 방송을 듣고 더위를 피할 요량으로 헬스클럽에 가면서 대문 밖에 내다 버린 엄마의 체를 떠올렸기 때문이었다.

후회가 밀려왔다. 그건 마지막 남은 엄마의 유품이었다. 이미 오래전 쓸모가 없어지긴 했지만 그것만은 몇십 년, 엄마는 자신의 거처를 옮겨갈 때마다 반드시 가지고 다녔다. 체는 생전 엄마가 가장 아끼던 마지막 도구였다. 그걸로 자주 가족들의 별식을 만들어 주었다. 엄마는 색다른 형태의 음식을 만들어 가족들에게 먹이는 것을 좋아했다. 각기 다른 모양의 곡식을 방아에 넣고 찧어 가루로 만들려면 반드시 체가 있어야 했다. 가루가 된 곡식을 반죽해 다른 형태의 음식을 만드는 일은 무척 까다롭고 힘든 일이었지만, 지치지도 않고 그 일을 반복했다. 콩가루는 콩국수로, 쌀가루나 찹쌀가루는 시루떡이나 인절미가 되었다.

서둘러 집 앞에 도착했다. 폭염주의보 탓에 나다니는 사람이 없는 까닭일까, 아니면 시대에 따라 이미 필요가 없어진 고물인 탓일까, 그것은 비스듬히 대문을 등지고 얌전하게 그대로 있었다.

"휴우, 다행히 아무도 안 가져갔네."

나는 안도의 숨을 쉬며 내다 버렸던 체를 다시 대문 안으로 들고 들어왔다.

엄마의 부엌에는 고추를 빻아 가루를 내는 체가 별도로 있었다. 고추를 빻는 체는 시간이 지나 자주 사용하지 않았지만, 곡식을 빻아 가루로 만드는데 쓰는 체는 명절 때 기계로 쌀을 빻아 떡을 만들 때 등, 큰일을 제외하곤 꾸준히 부엌에서 요긴하게 쓰였다. 빻을 양이 적을 때는 언제나 절구로 빻아 손쉽게 가루를 만드는 체를 이용했다. 빵을 만들 때 가루를 치는 일, 콩을 볶아 가루를 만들어 아이들의 밥을 비벼 줄 때, 나물 무칠 때, 채소에 생콩가루를 입혀 끓는 물에 넣어 국을 끓이는 일 등, 곡식을 가루로 만드는 일은 일일이 정미소에 갈 필요 없이 차고 넘쳤다. 주방에는 내가 사다 준 커터나 분쇄기가 있었지만 엄마는 늘 절구와 체를 사용했다. 나이가 들어 손목 힘이 약해졌을 때도 절구와 체를 포기하지 않았다.

멀쩡한 곡식만 가루로 만드는 게 아니었다. 장마에 감자가 썩으면 겉껍질을 벗겨 몇 날 며칠 물에 알 감자를 담가놓고 자주 물을 갈아주면 하얀 감자 가루가 되었다. 삭혀낸 감자 가루를 말려 체에 받쳐 감자떡을 만들었다. 우물가엔 아예 썩은 감자를 삭히는 우리 집 전용 버지기까지 있었다. 삭혀낸 감자 가루는 하얀색이었다가, 김을 쐐 음식을 만들면 투명한 회색이 되었다. 마법 같았던 색의 변화는 어린 나를 매료시켰다. 엄마는 감자떡 안에 반드시 강낭콩을 삶아 소를 넣었다. 감자떡은 식감이 좋아 나는 앉은자리에서 한꺼번에 몇 개씩 먹어 치웠다. 쫀득쫀득한 면피를 깨물면 속엔 껍질을 벗겨낸 하얀 강낭콩 가루가 가득 들어 있었다. 깨물 때마다 구수한 콩 맛이 입안을 감쌌다. 제사나 명절이 돌아오면 엄마는 가마솥에 콩을 볶아 체를 이용해 가루를 만들었다. 시루떡이나 찰떡 등을 만들때 떡고물로 사용하기 위해서였다. 병약한 나는 자주 밥 먹기를 거부했다.

"둘째야 안방으로 들어오렴."

밥그릇을 들고 온 엄마는 안방 시렁에서 비장의 무기인 콩가루 항아리를 내려 숟가락 가득 콩가루를 떠 하얀 밥 위에 얹고 비벼 주었다. 다른 형제들 몰래 엄마가 비벼 주는 고소한 콩가루 비빔밥은 엄마의 사랑과 함께 지금도 침이 고이는 기억속 별미였다.

엄마의 부엌에선 언제나 가족들의 반찬거리를 장만하느라 분주했다. 그럴 때면 부엌 못에 걸려 있던 체도 수시로 불려 나왔다. 갖가지 곡식을 가루로 만들기 위해서였다. 자주 돌아오는 제사 때에도 체는 유용하게 쓰였다. 어떤 곡식이든 원형 그대로 쓰는 것보다 빻아 체에 받쳐 고운 가루를 내어 요리하면 색다른 고급 음식이 되었다.

우선 미리 불린 쌀을 방아에 찧어 체 안에 넣고 좌우로 흔들면 쌀가루가 하얀 눈처럼 함지박 가득 쏟아졌다. 반죽을 한 쌀가루는 송편이나 절편을 만들고, 시루떡은 반죽 없이 쌀가루를 켜켜이 고르게 펴고 그 위에 팥을 삶아 고물을 얹었다. 쌓아 올린 떡시루 높이가 솥보다 몇 배 위로 올라갔다. 솥과 시루 사이에 난 틈은 밀가루를 반죽해 돌아가며 막고 불을 지폈다. 김이나면 나무젓가락으로 위에서부터 밑으로 찔러 넣어 떡이 잘 익었는지를 감별했다.

"부엌에 들어오지 마라, 부정 탄다."

시루떡을 찔 때면 엄마는 아이들의 부엌 출입을 금지했다. 아이들이 부엌에 들락거리면 신경이 쓰여 불의 세기를 조절치 못한다고 했다. 떡시루를 개봉했다. 먹음직스럽게 익은 시루떡이 모습을 드러냈다. 제사에 쓸 것부터 큰 목기에 네모반듯한 사각 크기로 잘라 켜켜이 높은 산처럼 쌓아 올렸다. 제삿날이면 아이들은 멀리 나가지 않고 부엌을 중심으로 뱅뱅 돌았다. 자르고 남은 시루떡 부스러기를 미리 먹기 위해서였다. 시루떡에 얹을 고명으로 콩가루를 만들 때도 체는 유용하게 쓰였다. 콩을 볶아 몇 번을 거처 빻아 체에 넣고 좌우로 흔들면 고소한 콩가루가 눈처럼 쌓였다. 몇 번을 거처 빻아 걸러 가루를 낸 후, 마지막으로 남은 무거리는 작은 항아리에 넣어 보관했다.

생전 엄마는 놀라운 말을 자주 하곤 했다. 방앗간에서였다. 학교에서 돌아온 내가 엄마를 도울 생각에 허깨비 같은 몸무게로 디딜방아에 다리를 얹으면,

"아서라. 넌 엄마처럼 살지 말고 다양하게 쓰이는 이 가루처럼 살아라. 싫은 소리, 듣기 거북한 말이라고 가슴에 담아두지 말고 쳇구멍을 통해 가루가 빠져나가듯 다시 빻아 멀리 흘려보내라. 앞만 보고 니가 옳다고 생각하는 일이면 뒤도 돌아보지 말고 매달려라. 구멍을 빠져나가지 못한 무거리는 아무짝에도 쓸데가 없단다."

그래서일까. 우리 집 광에는 작은 바가지나 그릇마다 곡식을 빻고 남은 무거리가 구석구석 담겨 있었다. 엄마 생각엔 다음번 곡식을 빻을 때 함께 넣어 쓰려고 보관한 것 같았지만 같은 곡식을 자주 빻는 것도 아니고 매번 잊어버려 그렇게 된 모

양이었다.

'곱게 빻아 무한대로 쓸 수 있는 가루가 되거라. 구멍을 빠져나가지 못한 무거리는 되지 말라'고 한 엄마의 당부대로 나는 '세상의 온갖 거친 일들을 체를 통해 가루로 흘려보내듯 흘려보내며 살아야지' 다짐했다. 그 약속을 지키느라 오랜 세월 남들이 경험하지 못한 일들을 겪으며 버텼다. 엄마는 백 년을 살면서 광 안 구석구석 모아놓고 잊어버린 무거리처럼 얼마나 많은 한과 체념을 품고 살았을까.

아버지가 정미소를 차렸다. 사람이 일일이 방아를 이용해 수작업으로 곡식의 껍질을 벗기던 방식에서 벗어났다. 단시간에 기계로 한꺼번에 해결했다. 군 전체를 통틀어 최초였다. 정미소 한편에 껍질을 벗긴 곡식을 가루로 만드는 시설인 떡방아도 설치했다. 여자들의 노동량이 엄청나게 줄어들었다. 명절 때면 며칠씩 음식 준비에 매달리던 고된 노역에서 벗어났다. 불린 쌀을 정미소에 가져다주기만 해도 금세 가래떡이나 절편 등속이 하얀 김을 내뿜으며 굽이굽이 함지박 안에 쌓였다. 그건 가히 혁명이었다. 김장철이 되면 쉴 새 없이 고추를 빻느라 정미소 인부들이 코를 막고 자주 재채기를 하는 진풍경이 펼

쳐졌다. 생활이 획기적으로 편리해졌다. 하지만 편리해진 생활을 가장 먼저, 많이, 공유해야 할 엄마는 여전히 체를 버리지 못하고 부엌 한편에 고리를 만들어 걸어두고 사용했다.

　세월이 흘러 자식들을 따라 엄마가 도시로 이사를 했다. 도시에서 필요 없는 물건들을 이웃들에게 나누어 주었다. 어쩐 일인지 체와 길쌈할 때 필요한 나무뿌리로 만든 거친 풀솔, 베를 짤 때 사용하던 끝이 버선코처럼 날렵한 북만은 엄마의 집 작은방 벽에 계속 걸려 있었다.

　오랜만에 고향 친구들과 교외에 있는 카페에 갔을 때였다. 장식용으로 베를 짜는 북과 솔이 진열돼 있었다. 한 친구가 탄성을 질렀다.

　"어머, 우리 엄마 꺼 여기에 있네."

　북을 보자 엄마가 누에를 길러 실을 뽑아 베를 짜던 모습이 생각났다. 엄마가 가져온 누에알은 만져지지도 않을 그저 작은 점에 불과했다. 몇 숟갈 분량의 검은 알을 엄마는 조심스레 흰 문종이 위에 놓고 새가 떨어트린 깃털로 살살 고르게 폈다. 이어 연하고 깨끗한 뽕잎을 서너 개 따서 잘게 썰어 알 위를 덮었다. 며칠이 지나자 놀랍게도 검은 점 같은 알맹이는 움직이는

물체로 변했다. 부엌으로 달려가 엄마에게 말했다

"엄마 뭔가 살아서 꼬물거려, 여기 좀 봐."

엄마는 당연하다는 듯 빙그레 미소를 지으며 부엌을 나와 알이 있는 작은 방으로 들어왔다.

"어느새 움직이네, 한 달만 참고 기다려 봐. 요 작은 벌레들이 너희들의 월사금이랑 기성회비 등을 만드는 요술을 부릴 테니."

이후 누에알들은 놀랍도록 커가는 속도가 빨라졌다. 눈을 뜨고 일어나면 제일 먼저 누에 방으로 달려갔다. 꼬물꼬물 크기도 면적도 늘여갔다. 처음 책 표지만 하던 부피가 면적을 넓혀 보자기만 하게 되었다. 마지막엔 갈대로 엮은 멍석이 방안 가득 층층이 쌓였다. 색깔도 변했다. 검은 점으로 꼬물거리던 것이 금세 파란색으로 변했다가 마지막엔 하얀 색깔의 벌레가 되었다. 엄마는 부지런히 누에들이 먹을 뽕잎을 따서 대느라 잠잘 시간도 줄였다. 먹성이 좋은 누에들은 한 소쿠리가 아닌 몇 소쿠리, 아예 싸리로 엮은 큰 다래끼로 뽕잎을 따다 들이대도 금세 바닥을 보였다. 무섭도록 먹성이 좋았다. 마지막엔 뽕나무를 가지째 잘라 누에 위에 덮었다. 순식간에 무성하던 뽕잎은 간 곳 없고 가지만 앙상하게 드러났다. 가지 밑엔 아기 손가락 크기의 하얀 누에들만 서로 엉켜 한방 가득 펴 놓은 멍석 위에 누워 있었다. 엄마 혼자 뽕잎을 따다 대기엔 턱없이 부족했다. 그때쯤이면 온 가족이 동원돼 뽕잎 채취에 매달렸다. 밭둑에서 자라는 것으로 모자라면 산 뽕잎을 따다 보충했다. 먹성이 좋은 누에들은 가지째 덮어준 뽕잎을 방안을 나서기 무섭게 먹어 치웠다. 뽕잎을 먹는 소리는 흡사 소나기가 쏟아지는 빗소리 같았다. '쏴아, 쏴아' 하는 소리에 몇 번을 방문을 열고 비가 오나 내다보았다.

정신없이 한 달 정도의 시간이 지나면 누에들은 자신이 먹은 뽕잎을 하얀 실로 만들어 입으로 고치를 만들기 시작했다. 밖에서부터 뿜어 나오는 실은 차츰 엷은 색이었다가 안으로 들어가면 짙은 흰색으로 변했다. 마지막 번데기가 되어 하얀 명주실로 짠 타원형의 둥근 집안에서 성충이 되어 부화를 기다렸다. 큰 몸집은 실을 몽땅 뽑아내고 나면 땅콩 알 만큼 쪼그라들었다. 흰색이던 피부색도 갈색이 되었다. 이후 주름투성이 번데기가 되었다.

신비하고도 놀라운 변화였다. 보이지 않을 정도의 작은 점이었던 생명체는 그렇게 한 달여 놀라운 변신을 거듭한 후 사람들에게 유용한 실을 주는 고마운 존재로 변했다. 엄마는 지정한 날짜에 '잠업조합'이란 곳으로 몇 박스 분량의 고치를 몽땅 가져가 돈으로 바꾸어 왔다. 짧은 기간 고생한 대가치곤 상당한 목돈이었다. 그 시절 유일한 부업이었다. 마을 사람 모두 5월에서 6월 사이 온 가족이 매달려 누에치기를 했다. 아예 밭에 뽕나무만 심어 대단위로 누에를 기르는 집들도 있었다. 규모에 따라 큰돈을 만들 수 있었기 때문이었다. 뽕밭이 없는 사람들은 남의 밭둑이나 야산에서 뽕잎을 채취해 누에를 길렀다.

몇 년 후 고치를 몽땅 수매하던 엄마는 조금씩 남겨 직접 옷감 만드는 작업을 시작했다. 자식들을 출가시킬 때 혼수로 주기 위해서였다. 직접 실을 만들고, 여러 갈래로 꼬아 베틀에 올려, 버선코 모양으로 만든 북을 이용해 베를 짰다. 나무로 만든 북 안에는 양쪽으로 구멍을 내어 실뭉치를 넣었다. 나는 고치에서 실을 뽑을 때를 가장 좋아했다. 임시로 만든 화덕에 얇은 냄비를 얹어 불을 지폈다. 끓는 물에 고치를 넣고 실을 감아 물레에 옮기는 작업이었다. 수업이 빨리 끝나기를 고대했다. 엄마 곁에서 고소한 번데기를 먹을 수 있었기 때문이었다. 그렇게 여러 과정을 거쳐 까만 점이었던 생명체가 벌레에서 실이 되고, 고급옷감인 명주가 되었다. 엄마는 5남매에게 줄 혼수용으로 여름에 입는 삼베 옷감과 겨울에 입는 목화로 만든 무명 옷감, 그리고 고급옷감인 명주 옷감을 각각 준비해 장롱 깊숙이 넣어두었다.

아버지의 사업이 어려운 때였다. 어느 날 학교에서 돌아온 내게 복잡한 얼굴을 한 엄마가 불렀다. 엄마를 따라 방 안으로 들어갔다. 엄마는 장롱 깊숙이 숨겨둔 무슨 보자기를 풀더니 내 앞으로 내밀었다.

"너에게 물어보고 처분하려고 한다."

보자기 안에는 돌돌 말아 미끄러운 목침만 한 명주 두필, 그보다 훨씬 두껍고 큰 무명 두필, 여름 옷감인 삼베 두 필이 들어 있었다. 굳은 얼굴로 나를 마주한 엄마가 내게 물었다.

"학교를 그만두고 시집갈 때 이 옷감을 혼수로 가져갈 거냐? 아님 이것을 팔아서라도 계속 학교엘 다닐 거냐?"

당연히 후자를 택했다.

"엄마, 나는 그딴 옷감 필요 없어요. 혼수가 없어 시집을 못가는 한이 있어도 학교는 계속 다닐래요."

요즘으로 치면 등록금인데 60년대 후반엔 중학교에서도 기성회비란 명목으로 석 달에 한 번 몇백 원의 목돈이 들어갔다. 그에 비해 명주 한 필은 쌀 한 가마니 가격보다 비쌌다. 무명과 삼베는 만드는 공정과 생산량이 많아 흔했지만, 명주는 귀한 비단으로 고급 상품이었다. 혼수를 팔면 학교를 졸업하고도 남을 정도였다.

엄마가 죽고 유품 정리를 했다. 누렇게 바랜 한지를 꽁꽁 싸 맨 보자기가 나왔다. 궁금했다. 동생과 보자기를 풀었다.

"언니, 이건 옷감이잖아."

그건 오래전 엄마가 나에게 학업과 결혼 중 하나를 선택하라던 그 보자기 속 명주 한 필이었다. 당시 다른 건 다 팔면서도 나머지 자신이 씨를 받아 누에를 치고 베를 짜 옷감을 만든 비단인 명주 한 필만은 어떻게든 팔지 않고 남겨주려고 간직했던 모양이었다. 나프탈렌에 겹겹이 싸인 그것은 50년도 훨씬 지난 세월이었지만 정성 들여 간수를 잘한 탓인지 약간 색이 바랜 것 외엔 여전히 촉감이 보들보들한 명주였다.

세월이 흘러 새로운 옷감이 나왔다. 일본에서 들여온 다후다라는 나일론 옷감이었다. 빨아서 털면 금방 물기가 사라지는 질기고 새로운 옷감이었다. 하지만 엄마는 한 올 한 올 베틀에

22

앉아 커가는 자식들을 위해 혼수로 마련한 명주만은 끝내 포기하지 못했다. 코끝이 시큰했다. 명주는 얇고 가볍지만 물에 닿으면 금방 쪼글쪼글해져 손질하기가 여간 까다로운 게 아니었다. 엄마는 평소 아버지의 옷을 만들 때도 안에 솜을 넣고 그 위에 명주를 입혀 바깥에 내보냈다. 남편이 다른 사람들에게 품위 있고 당당하게 보여야 자신의 면도 선다고 믿었다. 옷차림이 추레하면 집안에 있는 아내가 흉을 잡힌다고 했다. 언제나 바깥으로만 눈길을 주는 남편이었지만 누구보다 깨끗하고 근사하게 치장시켜 대문을 나서게 했다.

"무슨 그런 터무니없는 짓거리에 자부심을 느껴요."

핀잔을 주었다. 세월이 흘러 나이가 들어보니 어렴풋이 엄마의 속마음을 이해할 것 같다. 남편은 항상 그 집안의 기둥이라고 믿었던 나의 엄마, 언제나 식구들을 위해 잠시도 쉬지 않고 낮이면 들에 나가 일을 하고 밤에는 길쌈을 해 가족들의 옷을 만들어 입혔다. 잠은 언제 잤을까. 그러고 보니 젊은 시절 엄마의 잠자는 모습을 본 기억이 없다.

유품에는 딸들이 사 준 옷이 가장 많았다.

"백 년을 살면서 언제 입으려고 한 번도 입지 않은 옷도 있네.”

막내가 울음을 삼켰다. 절약이 몸에 밴 엄마의 고집은 누구도 꺾을 수 없었다. 가재도구 중 큰 것들 농. 침대, 그릇 등속은 평소 이웃하여 살던 할머니들이 필요한 대로 가져갔다. 한복이나 외투, 나머지 평소 입던 옷가지는 엄마의 요구대로 저승길에 태워 보내는 의식을 치렀다. 서울에서는 태울 공간이 없었다. 시골집으로 가져갔다. 겨울이라 농촌에선 밭두렁을 태우는 것이 허용됐다. 옷을 태울 때였다. 마른 밭에서 활활 타오르는 엄마의 옷가지를 막내가 갑자기 나무작대기로 걷어냈다. 한 번도 입지 않은 엄마의 투피스였다. 그건 막내가 큰돈을 주고 백화점에서 사다 준 것이었다. 불꽃이 옮겨붙은 투피스 주머니가 불룩했다. 급히 불이 붙은 곳을 털어냈다. 주머니를 열었다. 주머니 속에 또 다른 노란색 주머니가 들어있었다. 엄마가 직접 만든 듯 건강식품 포장지 밑에 깔린 인조 비단을 사용해 만든 주머니였다. 입구가 꽁꽁 동여매져 있었다. 노란색 주머니를 열었다. 놀랍게도 봉투가 들어 있었다. 삐뚤삐뚤 눌러쓴 엄마의 필적이 겉봉투에 보였다. 이 돈을 언주 엄마에게 주어라. 봉투 속엔 5만 원 권으로 꽤 많은 금액이 들어 있었다. 은주는 큰언니의 딸이었다. 소리 나는 대로 은주를 ‘언주’로 표기

24

한 엄마는 옛날 풍습대로 오빠들 어깨너머로 한글을 익혔다. 5남매 중 가장 형편이 좋은 큰언니는 정작 엄마에게 우유 한 병 사 들고 오지 않았다.

언젠가 엄마가 사는 동네 가게에 갔을 때였다. 항상 우유를 사는 나를 그제야 엄마의 딸인 줄 알아보고 가게아저씨가 말했다. 엄마는 우유 한 병을 살 때도 몇 번을 와서 보고 단박에 사지 않았다고 했다.

"저 노인네가 입성으로 보나 얼굴로 보나 그렇게 험하게 사는 늙은이는 아닌 것 같은데 어째서 우유 한 병을 단박에 사지 않고 망설이나."

의아해했다고 한다. 이후 막내와 나는 돈 대신 아예 갈 때마다 먹을거리나 우유팩을 서너 개씩 사서 냉장고에 쟁여두곤 했다.

시골집을 처분했다. 짐을 정리했다. 짐 속에 엄마의 체가 있었다. 2년 전 엄마의 유품을 정리해 싣고 가면서 섞여온 듯했다. 엄마가 사용하던 길쌈용 솔과 베를 짜던 북도 있었다. 그때 옷가지와 함께 모두 태운 줄 알았는데 어쩐 일인지 체만 창고에 있었다. 칠팔십 년간 엄마의 손때가 묻은 체는 가루가 빠져

나가는 구멍은 멀쩡했다. 반면 쳇바퀴를 이루는 둥근 테두리는 나무 본연의 색이 하나도 보이지 않았다. 플라스틱 쳇바퀴가 아닌 나무를 통째로 얇게 대패로 밀어 둥글게 말아 바퀴를 만든 것이었다.

대문 안으로 다시 들어온 체는 보는 관상용만으론 너무 아깝단 생각이 들었다. 누군가에게 실제로 필요한 용도로 쓰일 수도 있지 않을까. 모임 중에 요리를 잘하는 형우 엄마가 생각났다. 전화했다.

"자기 옛날 체 필요하지 않아?"

환호성을 지르며 형우 엄마가 대답했다.

"오우! 나, 그것 아주 좋아해. 요즘 것은 작을뿐더러 나무 바퀴가 아닌 플라스틱이어서 별로 안 좋은데 예전 것은 바퀴가 나무로 되어있어 무지 친근하고 좋거든."

구하려고 애썼는데 마침 잘됐다며 환영했다.

"모임 때 가져다줄게."

가져다주려고 체를 보았다. 세월의 더께가 묻어 갈색을 넘어 검은색이었다. 아무래도 남에게 주려면 깨끗하게 해야겠다는 생각이 들었다. 체를 들고 화장실로 들어갔다. 이미 몸은 땀으로 범벅이 된 터라 옷을 홀라당 벗고 욕실 의자에 앉았다. 엄마의 집 화장실 바닥에 비상용으로 놓여 있던 의자를 내가 쓰게 될 줄을 예전엔 미처 몰랐다. 언제부턴가 바닥에 쪼그리고 앉으면 일어날 때 고생을 하기 때문이었다. 샤워기로 빠르게 물을 흩뿌렸다. 나뭇결이라 오래 물에 젖으면 비틀어질 것 같아서였다. 그다음 쳇바퀴를 부드러운 스펀지에 비누를 묻혀 빠르게 문질러 닦아냈다. 몇십 년을 묵혔을 손때가 갈색 물감을 입힌 것처럼 끝도 없이 샤워기 물줄기에 씻겨 욕실 바닥으로 흘러내렸다. 흡사 황톳물 같았다. 서너 번 그렇게 화급하게 쳇바퀴부터 물로 씻어냈다. 체 바닥은 보드라운 칫솔로 세제를 묻혀 빠르게 닦았다. 여러 번 씻고 헹구기를 반복했더니 검은 손때 속에 묻혔던 나무 본래의 모습이 드러났다. 그것은 아름다운 물결무늬의 예쁜 나이테였다. 무슨 나무로 만들어졌는지 무늬는 어떤 예술작품보다 예쁘고 규칙적이었다. 씻은 체를 그늘에 말렸다. 수분이 마른 쳇바퀴는 검은색에서 차츰 연한 갈색이 되었다.

아들이 학교에서 돌아왔다. 그늘에서 말리느라 거실 벽면에 걸어둔 체를 보더니 말했다.

"엄마 이것 내가 가질래."

예쁘기도 하지만 전공을 살려 자신이 요리로 밥벌이를 하게 될지도 모르니 달라고 했다.

"이미 누굴 주려고 약속했는데."

난감한 표정을 짓던 아들이 그래도 포기가 안 되는지 다시 물었다.

"누굴 주려고 했는데? 내가 아는 사람이야?"

아무 생각 없이 내가 말했다.

"형우 엄마. 너 잘 알잖아, 그 엄마 요리 강습하는 거."

아차 싶었다. 형우는 아들과 초등학교부터 고등학교까지 같은 학교에 다녔다. 처음 몇 년은 서로 친하게 지냈는데 고등학교에 들어가고부터는 무슨 이유인지 형우 얘기만 나오면 안색이 흐려졌다. 노골적으로 싫어했다. 보이지 않는 경쟁을 하는 모양이었다.

몇 년 전 모임에서 형우 엄마가 말했다. 초등학교를 졸업하고 중학교 배정 후 아이들 간의 안면을 익히려 신입생 환영회를 할 때라고 했다. 북한의 김정은도 무서워한다는 대한민국 중학생들이 서로 탐색전을 벌이며 기선제압을 노리고 있을 때, 슬그머니 밖으로 나간 아들이 과자를 한아름 사 들고 들어왔다고.

"애들아 나, 대치초등학교에서 온 김석현이라고 해. 앞으로
사이좋게 지내자."

여덟 명의 사내아이들이 환호성을 지르며 통성명을 했다.

"나는 구룡초등학교 출신인데 우리 잘 지내보자."

서로 눈치만 보고 있다가 아들이 사 온 과자 보따리를 풀어
헤치며 무장해제가 됐고, 화기애애 삼일간의 신입생 환영회를
마쳤노라 했다. 돌아온 형우가 무용담처럼 그 얘기를 했을 때
형우 아버지가 불같이 화를 내며,

"너는 바보같이 용돈을 그만큼 주었는데 그런 생각은 왜 못
하니?"

면박을 주었다고 했다. 그때부터였을까. 서로 보이지 않는
견제를 하며 경쟁을 하게 된 것이. 이후 공부도 엎치락뒤치락
고만고만하게 하던 두 녀석은 공교롭게도 배정받은 고등학교
도 같았다. 12년을 함께 했다. 그 말을 들은 나는 드러내놓고
좋아하지는 않았지만 은근히 아들이 대견했다. 항상 남에게 양
보만 하는 성격인지라 언제나 물가에 내놓은 것 같아 마음이
쓰였었다. 더욱 질풍노도의 시기인 중학생 남자아이들 틈바구
니에서 왕따나 당하지 않을까, 말로만 듣던 빵 셔틀은? 혼자 오

만가지 나쁜 생각들로 걱정했는데 굼벵이도 구르는 재주는 있구나, 안도했었다.

가만히 무언가를 골똘히 생각하던 아들이 나의 허술한 효심을 자극했다.

"엄마, 이건 외할머니 유품이잖아, 어떻게 자식이 부모 유품을 아무렇게 남에게 주어 버리냐."

뜨끔했다. 이젠 형우 엄마에게 적당히 둘러대는 수밖에 없었다. 거절할 사유를 만드느라 걸려 있는 체만 봐도 마음이 심란해졌다. '구두 약속도 약속인데 그걸 어떻게 뒤집지? 차라리 솔직하게 그대로 말해 버릴까? 아들이 자기가 요리를 한다며 달라고 하더라고. 아니야, 다른 말, 정말 그럴듯하고 수긍이 가는 거짓말로 거절의 뜻을 표해야지.' 길을 걸어도 자리에 앉아도 거절할 명분 찾기에 골몰했다. 생각을 하지 않고 행동을 취해버린 나 자신에 화가 났다. '사실대로 얘기하는 게 최선일 거야.' 생각을 굳히고 나니 한결 마음이 가벼워졌다. 그 애는 재수 끝에 K 대학에 입학했다.

모임 날이었다. 남해에서 전복, 굴, 멍게 등속의 양식을 하는 남편의 지인이 과다하게 보내준 멍게를 회원들에게 나누어 주기로 했다. 멍게 통만 해도 무게가 엄청났다. 거기다 부피가 큰 체까지 가져가는 건 아무래도 불편하다는 판단이 섰다. 자신 있게 멍게 통만 가져가 회원들에게 건넸다. 가슴을 졸이며 가져오지 못한 체에 대한 변명을 불편한 날씨 탓에 빗대 꺼내려는데, 형우 엄마는 아예 의식조차 안 한 듯 태연했다.

'어휴 공연히 나 혼자만 가슴을 졸였네, 아니야 그래도 구두라도 약속한 체를 가져오지 못한 변명, 아니 진실을 밝혀야지.'

자연스러운 기회를 만들어 가져오지 못한 것에 대해 말하려는데, 오랜만에 보는 회원들은 수다스럽게 며칠 전까지 숨이 막히게 무덥던 날씨 얘기만 계속했다. 말할 기회를 엿보느라 다른 사람들의 말은 귀에 들어오지도 않았다. 잠깐 틈이 생겼다. 재빨리 형우 엄마에게로 다가가 귓속말로 속삭였다.

"그 체 못 가져왔어."

형우 엄마는 무슨 말인가 하는 표정으로 한참 고개를 갸우뚱하더니 겨우 지난번에 받기로 한 체가 생각난 듯 아, 하고 고개를 젖혔다. 재빨리 뒤를 이어 말했다.

"비도 오고, 우리 집 막내가 엄마 유품을 하나도 안 남기고 모조리 없애면 너무 섭섭하다고 해서…"

예상외로 형우 엄마는 아무 일도 아니라는 듯,

"그거 안 가져와도 돼요. 필요 없다고 하길래, 그냥 플라스틱보다 넓고 커서, 그리고 나무로 된 테두리가 정감 있겠단 생각이 들어서 달라고 한 건데…"

진땀이 났다. 나는 왜 매번 신중하지 못할까. 무슨 일을 진행하려면 충분히 생각해보고 다시 번복하는 일이 없게 해야 하는데, 급한 성격대로 매번 즉흥적으로 말부터 해놓고 수습하느라 진땀을 빼는 꼴이라니.

재작년에 아들이 군대에 입대했을 때도 그랬다. 당분간 비게 될 아들 방을 정리하면서 딸아이 방도 정리했다. 쌓인 인형들이 이젠 필요 없겠단 생각이 들었다. 딸아이 방의 것은 일일이 필요 유무를 물어본 후 세탁기에 넣고 돌렸다. 아들 방에도 필요 없게 거추장스러운 인형들이 몇 개 있던 게 생각났다. 더군다나 남자라 아예 물어보지도 않고 세탁기에 넣고 돌렸다. 마당에 빨래건조대를 두 개 나란히 펴놓고 세탁한 인형들을 가지런히 올렸다. 인형은 빨래 소쿠리로 두 소쿠리가 넘었다. 여동생 손녀들이 생각났다. 우체국으로 달려가 포장 상자를 두 개 샀다. 포장도 뜯지 않은 인형을 비롯, 상자에 차곡차곡 넣고

주소를 물었다. 동생은 좋아라 했다. 소포로 보냈다. 첫 휴가를
나온 아들이 책상 위에 둔 인형 두 개를 찾았다.

"아, 그것 세탁해서 둘째 이모 손주들 줬는데."

아들이 갑자기 안색이 변하며 어쩔 줄 몰라 했다.

"그것 다시 가져오라고 하면 안 돼?"

난감했다. 부탁도 하지 않은 물건을 임의로 보내놓고 다시
달라고 한다면 내 체면이 뭐가 되느냐고 설득했다. 아들은 도
저히 양보를 못하겠다며 인형에 대한 사연을 털어놓았다.

"일본에 있는 여자 친구가 생일선물로 그곳에서 사 들고 온
건데, 그걸 주어 버리면 어떡하냐."

아차 싶었다. 내 눈에는 아무것도 아닌 그냥 하찮은 돼지 인
형이었는데 그런 사연이 있을 줄이야. 생일 때 아들의 띠인 돼
지 인형을 일부러 골라 샀노라고 했다. 그러고 보니 그 돼지는
조금 특이하긴 했다. 코를 쳐들고 환하게 웃고 있는 '웃는 돼
지'였다. 언제나 웃는 일만 생기라고 일부러 골라준 거라고 했
다. 하지만 이미 엎질러진 물이었다.

한번은 작은 플라스틱 네모 통에 손톱만 한 검은 물체가 여
럿 있는 게 보였다. 며칠이 지나도 여전히 같은 장소에 놓여 있
는 게 생각나 대수롭지 않게 버렸다. 이후 무슨 중요한 칩이라

며 난리를 피웠다. 그 후론 청소를 할 때면 하찮은 종이 쪼가리라도 따로 비닐봉지나 상자에 담아 침대 밑에 일단 넣어둔다. 하지만 며칠이 지나면 또 그게 거슬려 도저히 견딜 수 없게 되고, 결국 보관한 비닐 째 쓰레기통에 버리고 말아 매번 곤욕을 치렀다.

정치인의 자녀 부정 입학 문제로 세상이 떠들썩하던 때였다. 수시로 딸을 명문대에 보낸 수연 엄마가 자랑스럽게 말했다.

"나도 우리 딸 학교에서 담임이 음대 입시를 위해 일부러 발표회를 준비해주는 등 여러 방면으로 뒷배를 봐주었어."

그런 일이 있긴 있구나. 아들 친구 중에 외삼촌이 대치동 스타 강사인 애는 한술 더 떴다. 그 애는 언제부턴가 거미를 키웠다. 동네 엄마들은 독거미가 상자에서 나와 식구들의 목을 무는 끔찍한 상상을 하면서 그 애와 엄마를 이상한 눈으로 보았다. 방학에는 곤충학 전공 교수라는 사람과 야외로 현장 채집도 다녔다. 간혹 학교에 보내지 않고 병원에 보내 진료기록도 만들었다. 동네 엄마들은 저 엄마가 왜 쓸데없는 짓에 시간을 허비할까 혀를 찼다. 입시 때였다. 공부는 전혀 하지 않던 그 애는 수시로 H 대학에 합격했다. 그제야 엄마들이 한마디씩 했다.

"뱀이라도 키우게 할 걸."

행운은 미리 알고 기회를 만드는 사람에게만 오는가 보았다. 무작정 코피 쏟으며 정석대로 공부한다고 일류대에 쉽게 들어가는 게 아니었다. 허탈했다. 누군가는 말했다. 기회는 평등하게, 과정은 공정하게, 결과는 정의롭게라고. 멋진 말이다. 하지만 세상은 결코 멋진 말처럼 돌아가지 않았다. 나는 입시를 위해 별의별 아이템을 만들어 준비해주는 현대판 부모는 못 되더라도 엄마의 체처럼 평생 기억하며 몸과 마음에 양식이 되는 것을 물려주고 싶었다.

엄마 집의 부엌에는 몇 개의 체가 항상 부엌 기둥에 걸려 있었다. 콩가루를 내는 체, 고추를 빻을 때 사용하는 체, 그리고 마지막으로 떡이나 곡식을 빻을 때 사용하는 체로 작은 것부터 큰 것까지 곡식 종류에 따라 다양하게 있었다. 엄마는 그것을 아주 소중하게 다뤘다. 곡식 낱알을 그냥 음식으로 만들어 먹을 땐 별달리 필요치 않지만 별식이나 국수 등 다른 음식을 만들 땐 언제나 체를 사용했다. 앙금이 남지 않게 빻고 찧어서 쳇

구멍을 통해 밖으로 걸러내는 체, 사람의 감정도 체를 통해 곱게 걸러내면 얼마나 좋을까. 거친 욕이나 사나운 말이라도 쳇구멍을 빠져나가듯 곱게 걸러내면 세상은 한결 다정해지지 않을까 싶다. 아들도 껄끄러운 친구 관계를 체 안에 넣고 흔들면 보드라운 감정이 되어 친해지지 않을까. 아들은 정말 요리가 하고 싶어서 체 주기를 거부한 걸까. 아님 자신의 말대로 외할머니 유품이라서 거부한 걸까. 그 애랑은 언제 어떤 연유로 그렇게 체에 남은 무거리처럼 아무 쓸모없는 감정을 간직하게 됐는지. 나이가 들어보니 당시엔 죽일 듯이 밉고 억울했던 감정도 아무렇지도 않을 때가 있다.

결국 체는 주지 못하고 현재 우리 집 다락방에 있다. 죽었던 엄마가 다시 살아와 쓸 일도 없거니와, 주지 못하게 막은 아들도 체를 사용할 기미는 없어 보인다. 무심하고 평온하다. 그저 그 애에게로 가는 길만 막았으면 됐다는 것인지도. 아들은 여전히 형우랑 연락을 안 하는 모양이다.

황혼의 블루스

눈을 떴다. 침대 옆에 밀쳐둔 휴대폰을 꺼내 시각을 확인했다. 새벽 3시. 새해부터 실행에 옮기려면 지금 등록을 해야 한다. 지금이라도 걸어서 갈까? 걸어서 50분은 족히 걸릴 거리다. 걷는 건 이골이 났지만 아무도 없는 새벽의 낯선 거리를 걷는다고 생각하니 두려운 생각이 들었다. 며칠 전 미리 가 본 그곳은 백련산 가파른 중턱에 있는 데다 경사가 무척 심했다. 차편도 불편해 뜸하게 다니는 노선버스조차 딱 두 개뿐이었다. 등록을 한 후엔 셔틀버스를 이용하면 된다지만 걸어 다니기엔 애매한 거리였다. 그렇다고 일 년에 서너 번 정도만 운전을 하는, 면허증을 반납할지 말지로 고민하는 둔해진 감각의 실력으로 자동차를 끌고 가기엔 가파른 길이었다. 서툰 길은 그렇다

치고 이 시간엔 택시 잡기도 힘들 텐데…. 애들이 자주 이용한 다던 카카온가 뭔가로 택시를 부르려고 생각을 해 봤지만 방법을 몰라 포기했다. 한밤중이 되어 곤하게 자고 있는 아들을 깨울 수도 없고, 이불을 뒤집어쓰고 1시간을 생각만 이리저리 굴리다 벌떡 일어났다. 문득 두 집 건너 살고 있는 반장아줌마 말이 떠올랐기 때문이었다.

"자리가 좀체 나지 않아요, 특히 아침 10시 시간대는 경쟁이 치열해 간혹 한 둘의 결원이 생긴다 해도 선착순으로 접수하기 때문에 새벽부터 번호표를 받아야 하거든요."

코로나로 평소 다니던 헬스를 그만두었다. 순식간에 항아리 몸매가 되었다. 턱밑까지 차올라온 뱃살을 줄이려 수영을 배우기로 했다. 뱃살 줄이는 데는 수영이 최고라는 어디선가 들은 기억을 떠올려 연말부터 단단히 준비를 했다. 집에서 가까운 서너 곳을 선택해 검색했다.

첫째, 내가 원하는 요일과 시간, 수질관리, 교통, 비용 등, 고려할 점이 한두 가지가 아니었다. 가장 가까운 곳인 초등학교 안에 있는 수영장엔 주 2회 뿐이었고, 시간대마저 거의 오후로 책정되어있어 다른 일정을 소화하기엔 무리였다. 그 다음, 구청에서 운영한다는 다소 최근에 개장한 곳은 경쟁도 치열할뿐더러 코스가 많지 않아 아예 자리가 나지 않는다고 했다. 어떤 곳은 요일이 안 맞고, 다른 곳은 주 2회로 운동량이 부족했다. 겨우 찾아낸 곳이 집에서 꽤 먼 거리의 시립청소년회관이었다. 요일도 주 3회로 적당했고, 시간 역시 아침 10시에 시작하면 웬만한 약속도 지장이 없을 것 같았다.

오래전부터 그곳에 다녔다는 반장아줌마에게 추가로 정보를 얻기로 했다. 반장은 침이 튀기게 수영장을 홍보했다. 일단 서울시에서 운영하며 가격도 다른 곳에 비해 반값이란다. 청소는 물론 물 관리도 철저해, 하루에 3번은 반드시 물을 갈아준다고도 했다. 나무랄 데 없는 조건이었다. 기존회원은 매월 20일부터 25일까지 접수를 받고 신규 회원은 26일부터 말일까지 받지만, 한 달에 한두 사람 정도 밖에 결원이 생기지 않을 만큼 인기가 많은 곳이라 했다.

"수영은 그 나이에 힘이 들어 못해요. 하던 사람들도 나이 들면 아쿠아로빅으로 옮겨 타는데 처음부터 아예 아쿠아로빅으로 정하세요. 저도 예전엔 수영을 했는데 힘이 들어 아쿠아로빅으로 옮겼어요."

결국 다른 일정과 겹치지 않는 건 그곳의 아쿠아로빅 뿐이었다. '꿩 대신 닭'이라는 속담이 생각났다. 뱃살보다 계단을 내려갈 때 뒷걸음질로 가야할 정도로 나빠진 관절에 좋다니, 울며 겨자 먹기로 그곳으로 정했다.

급히 옷을 갈아입고 길을 나섰다. 새벽 4시. 어둠을 뚫고 수영장으로 향했다. 등록을 하려면 일찌감치 줄을 서서 기다려야 된다니 서두르는 수밖에 없었다. 대중교통은 시작도 하기 전이라 어차피 걷거나 택시를 이용하기로 했다. 초겨울의 텅 빈 새벽거리엔 적막만이 흘렀다. 사람의 흔적조차 보이지 않았다. 무서웠다. 며칠 전 미리 가 본 기억을 떠올려 바삐 걸음을 옮겼다. 등 뒤로 느껴지는 싸늘한 바람을 가슴으로 받으며 구청을 지나 왼편으로 구부러진 오르막길을 걸었다. 푸우~ 푸우~ 가빠오는 숨을 내뿜으며 산 중턱을 향해 부지런히 올라갔다. 언뜻 두려움이 일기도 했다. 야산기슭이라 어쩌면 산짐승이 내려올 수도 있지 않을까. 서늘한 마음이 들었다가 반대로 사람이 더 무섭겠다는 생각으로 바뀌었다. 그때 저 멀리 반대편 산등성이 중간쯤, 옹기종기 붙은 연립주택 골목길에서 50은 넘어 보이는 중년부부가 조심조심 걸어 내려왔다. 새벽기도를 가려는 건가. 그들 부부는 가파른 내리막길을 손을 꼭 잡고 걸어오고 있었다. 외진 마을인 탓일까. 50분을 걸어가는 동안 사람이라곤 딱 그들 두 사람과 마주친 것이 전부였다. 택시조차 보이지 않았다. 낙엽이 쌓인 오르막길을 조심조심 걸어 올라가 미리 봐둔 후문으로 들어갔다. 좁은 통로를 두 바퀴 돌아 접수처가 있는 1층에 다다랐다. 정각 4시 50분. 희뿌연 유리문사이로 대기실이 보였다. 문을 열고 안으로 들어갔다. 놀랍게도 이미 50명은 족히 되어 보이는 사람들이 와글와글 의자에 앉아 기다리고 있었다. 그들은 모두 대기표를 한 장씩 손에 쥔 채였다. 밤새 잠도 안 자고 언제 이렇게 많은 사람들이 왔을까. 빠르게 접수대로 걸어가 번호표를 뽑았다. 52번. '이번 달도 틀렸구나.' 체념하며 되돌아 나오려는데 누군가 내 옆구리를 툭 쳤다. 반장아줌마였다.

"늦었네요."

"아니, 아줌마가 이 시간에 여긴 웬일이에요?"

그러자 반장아줌마는 내 손목을 잡고 출입문 옆 구석진 곳으로 끌었다. 그녀가 뽑은 번호는 3번이었다.

"몇 시에 온 거예요?"

내가 묻자,

"3시에 딸이 차로 데려다 줬어요."

덧붙여 나에게 말했다.

"이 사람들 전부 같은 시간대는 아니니 천천히 기다려 봅시다."

접수대 옆 프로그램 알림판 밑에는 이달에 결원이 생긴 종목과 시간, 인원이 적혀 있었다. 내가 원하는 오전 10시의 아쿠아로빅은 결원이 딱 한 명뿐이었다.

"자기는 기존회원 아니었어요?"

의아해 다시 묻자 반장아줌마가 대답했다.

"11시 멤버인데 아는 사람이 부탁해서 왔어요."

귓속말로 속삭이며 나에게 넌지시 덧붙였다.

"저쪽 접수대에 가서 신입회원 접수증을 써서 나에게 주세요."

접수증을 써서 반장아줌마에게 건네주었다. 접수는 8시부터 시작한다고 했다. 그 사이 사람들은 점점 늘어났다. 어느덧 번호표의 숫자는 100번을 넘기고 있었다. '모든 사람들이 오전 10시에 시작하는 아쿠아를 신청하지는 않을 것이다.' 혼자 중얼거리며 새벽의 낯선 풍경을 구경했다. 이곳을 찾기까지 검색한 여러 곳의 시설 중 유독 이곳에서만 진행하는 프로그램의 수가 다양하게 많았고, 비용 역시 저렴해 인기가 많은가 보았다. 더욱 서울시에서 운영해 수질관리를 철저하게 한다는 댓글도 많았다. 본업이 '서울시청소년수련관'이어서인지 지역 청소년들의 부모들이 겨울방학을 맞아 새벽부터 모여들었을 거라고 생각하니 희망은 있었다.

드디어 8시. 접수대에 2명의 직원이 앉더니 차례대로 번호를 부르기 시작했다. 2번 접수가 끝나고 3번이 호명됐을 때 반장아줌마가 나에게 자신의 옆으로 오라는 손짓을 했다. 영문도 모른 채 옆에 섰다. 카드를 달라고 했다. 반장아줌마는 자신이 가지고 있던 종이의 접수를 끝내고 내가 작성한 신입회원 접수증을 창구에 들이밀었다. 아무렇지도 않게 내 카드로 결제를 한 후 영수증을 건네주며 말했다.

"갑시다."

뭐가 어떻게 돌아가는지 어리둥절해 서 있는 나에게 반장아줌마가 덧붙였다. 기존회원은 한 달에 한 명은 추천해줄 수 있다는 거였다. 그렇다면 자신이 부탁받은 한 명으로 끝나는 게 아니었나. 혹시 새치기를? 앞의 1,2번은 다행스럽게도 내가 원하는 종목과 겹치지 않아 한 명 뿐인 결원의 그 자리에 내가 당첨이 됐노라 했다. 요지경 속을 보는 것 같아 정신이 하나도 없었다. 매월 신규 접수 때는 이런 풍경이 연출된다고 한다. 올 때는 딸이 자동차로 데려다 주고 갔으니 걸어서 가자고 했다. 치열한 삶의 현장을 보는 것 같았다. 반장아줌마는 오늘 부탁한 사람은 평소 잘 아는 사람인데 5만 원의 심부름 값을 받고 대신 해 준거라고 덧붙였다. 이런 세상도 있구나. 극장표도 아니고 수영장 접수마저 대신 해주는 사람이 있다니.

반장은 생활이 어렵지도 않았다. 현재 살고 있는 단독 외에 건너편에 아파트도 한 채 있다고 들었다. 그녀가 사는 방식이 놀라웠다. 60세 중반의 반장은 구청은 물론 동사무소에서 주관하는 모든 행사에 참석했고, 평일엔 복지관에 나가 점심봉사도 한다고 했다. 선거철이 되면 투표 참관인으로 나가 일당을 받기도 한다는 거였다. 목요일 분리수거 일에는 다른 한 명의 동네주민과 재활용정리를 하는, 어떻게 보면 좋은 일을 하는 사람 같으면서도 나쁘게 보면 돈이 되는 일이라면 어떤 종류, 무슨 일이라도 하는 타입의 사람이었다. 7년을 이웃해 살면서도 이번에 그 사실을 알게 되었다. 언젠가 지하할머니가 나에게 은밀히 귀띔을 한 말이 생각났다.

"저 반장, 왜 재활용 분리수거를 솔선수범하는지 아세요?"

입술을 삐죽이며 물었다.

"물론 반장이니까 하는 거고 좋은 일 아닌가요? 동네 환경미화를 위해 애쓰시는 모습이."

내 말을 들은 지하할머니가 무슨 큰 비밀이라도 되는 양 귀에 대고 속삭였다.

"내가 10년을 이 동네서 살았거든요. 그런데 저 반장, 동네 분리수거하면서 돈이 되는 하얀 패트병이나 소주병 같은 건 모조리 자신의 집으로 가져가 따로 고물상에 내다 팔아요."

놀라운 말을 했다.

"사는 형편이 괜찮다고 하지 않았어요? 건너편에 아파트도 있다고 했는데… "

동네 사정을 속속들이 알고 있다는 지하할머니가 대답했다.

"구두쇠가 가난해서 그렇게 사는 건 아니잖아요."

그러고 보니 몇 개월 전 반장의 부탁이 생각났다. 의류보관함에 아이들 헌옷 몇 개를 밀어 넣는 나를 향해 반장아줌마가 말했었다.

"앞으론 헌옷은 이 보관함에 넣지 말고 나에게 주세요."

그 말을 했더니 지하할머니가 무릎을 탁 쳤다.

"그렇다니까요. 그 여자가 동네 헌옷이랑 목요일 분리수거해서 모아놓은 패트병은 모조리 자신의 집으로 가져가, 딸의 차로 근처 고물상에 가져가 팔아요."

어렵사리 접수를 하고 정해진 날부터 수영장에 다녔다. 그곳은 할머니들 천지였다. 물론 나 자신 할머니란 생각을 하지 못했다. 그렇게 부르는 손자가 없는 탓도 있긴 했다. 늦게 태어난 아이들로 인해 언제나 20년은 훨씬 젊은 사람들과 어울렸더니 생각마저 그렇게 굳어버린 모양이었다. 한발 뒤로 물러서 다른 눈으로 나를 보니 정말 나도 분명한 할머니였다.

아쿠아로빅은 80명에서 100명까지의 할머니들이 한꺼번에 물 안에서 아쿠아봉을 잡고 팔다리를 좌우상하로 움직이는 일종의 블루스였다. 느린 템포보다 대개 빠른 템포로 일사분란하게 강사의 동작을 따라하는 것인데, 그냥 맨땅에서 하는 것보다 한결 수월하기는 했다. 그렇다고 해도 40분을 격렬하게 팔다리를 앞뒤 좌우로 움직이다 보면 금세 숨이 차고 다리에 힘이 빠져 후들후들 떨렸다. 앞에서 시연하는 강사의 동작을 따라하는데도 나의 팔다리는 언제나 제각각으로 놀았다. 강사가 왼쪽 다리를 들면 나는 오른쪽, 반대로 오른쪽을 들면 왼쪽이 되기 일쑤였다. 급히 바꾸어 움직이다보면 팔다리는 번번이 실타래처럼 헝클어졌다. 다른 할머니들은 하나같이 잘도 따라 했다. 절도 있게 칼같이 움직이는 모습이 마치 수중발레선수들 같았다. 지상에선 엉금엉금 기다시피 걷던 할머니들도 물 안에만 들어가면 딴사람이 된 듯했다. 일사분란하게 움직이며 동작 하나 틀리지 않았다. 감탄이 절로 나왔다. 대부분 20년을 다녔다니 몸이 기억하는 모양이었다. 절도 있게 움직이는 할머니들의 군무를 바라보며 저들도 처음엔 나처럼 헤매던 시절이 있었을까 의문이 들 정도였다. 40분은 빠르고 경쾌한 리듬으로, 나머지 10분은 다소 느린 템포의 블루스로 마무리를 할 때도 할머니들은 우아하게 잘도 따라했다. 내 앞줄 첫 번째 할머니는 처음 수영장에 들어가는 내가 차가운 물 때문에 몸을 움츠리자,

"뭐가 그리 춥다고 야단이냐."

핀잔을 주었다. 머쓱해진 내가,

"할머니 연세가 얼마세요?"

물었다가 쥐구멍에라도 들어가고 싶은 수치심을 느꼈다. 경력 20년차의 할머니는 88세라고 했다. 그래선지 이곳의 대부분 할머니들은 피부에 주름이 지고 늘어지긴 했어도 보기 거북

한 비만은 드물었다.

아쿠아를 시작한지 얼마 되지 않았을 때였다. 수중발레 선수들처럼 칼같이 정확한 동작의 여느 할머니들과 달리 따로 노는 팔다리를 움직여 운동을 끝내고 셔틀에 앉아 있었다. 그때 중간에 앉은 어떤 할머니가 소곤소곤 주위를 의식한 듯 귓속말을 이어갔다.

"그 할망구 수영장에 들어갈 때 샤워를 하지 않고 바로 들어간대잖아."

다른 할머니가 맞받았다.

"그럼 어떻게 해. 깨끗한 수영장 물이 더럽혀지면…."

처음 할머니가 결의에 찬 목소리로 말했다.

"내가 직접 주의를 줘야겠어."

늙으면 깨끗하지 못하다는 고정관념을 깨고 서로들 감시를 하는 모양이었다. 공연히 그간 대충 씻고 들어갔던 것이 마음에 걸렸다. 이후 나는 수영장에 들어갈 때마다 몇 번씩 비누칠을 하고 샤워를 했다. 이곳의 수질은 깨끗하기로 정평이 났고, 그것만으로도 할머니들은 엄청난 자부심을 갖고 있었다.

청소년 수련관은 2003년 서울시에서 마련한 곳이라고 했다. 처음엔 천사원의 고아들 교육을 위한 위탁기관이었는데, 지금은 용도를 바꿔 청소년수련관이 되었다고 한다. 주목적은 청소년들을 위한 교육기관으로 어학, 체육, 예능, 심리상담 등 다양한 프로그램이 있어 학생을 둔 가정에선 인기가 많다고 했다. 저렴한 비용에 프로그램의 질이 좋아 인근학생들 대부분이 많이 이용한다고도 했다. 20년을 다녔다는 할머니들의 증언에 의하면 개관 때부터 청소년들이 이용하지 않은 시간대인 새벽시간이나, 학교에 간 오전시간을 활용해 주민들에게 수영장을 개방해 운영했다고 한다. 오랜 세월 탓일까. 수영장 안에서도 지정석이 있을 만큼 상하관계가 확실하고 텃세 또한 굉장했다. 자기네들끼리 영자야, 순자야, 순옥아, 등의 이름을 부르며 운동이 끝나면 그룹을 지어 점심을 먹으러 가거나 시골에서 농사지은 곡물들을 서로 바꾸어 팔았다. 그러니까 그곳은 그냥 수영장이 아닌, 다양한 활동을 하는 할머니들 소통의 장소였던 셈이다.

특이한 점은 또 있었다. 셔틀을 운전하는 사람들이었다. 정부에서 노인 일자리를 위해 일부러 나이 드신 분들을 채용하는지, 셔틀 4대 모두 할아버지들이 운전을 했다. 20인승 봉고엔 기사 할아버지 외에 차장 할아버지까지 있었다. 수련관에 도착해 출입문을 열 때도 도어맨 할아버지가 인사와 동시에 문을 열어주어 몸 둘 바를 몰랐다. 그래선지 할머니들이 타고 내릴 때 굼뜬 동작도 잘 참아내며 기다려 주긴 했다. 20여 년 전 영국의 관광지 입구마다 노인들이 안내를 맡아 놀랐던 기억과, 10여 년 전 일본에서 보았던 공항에서 숙소까지 안내를 맡아하던 수많은 할아버지 할머니들의 모습이 오버랩 되었다.

두 달 정도 다녔을 때였다. 평소처럼 아쿠아로빅을 끝내고 수영복의 물기를 빼려 탈수기 옆으로 갔다. 주춤주춤 할머니들 엉덩이 사이를 비집고 수영복을 탈수기에 넣으려는데, 앞쪽에 서 있던 거구의 할머니가 뒷걸음질로 나의 왼쪽 첫째 발가락을 밟아버렸다. 그렇잖아도 왼쪽 엄지발가락이 휘어져 병원에 다니던 중이었다. 하필이면 그 발가락이 밟혀 버리다니. 의사선생님은 예전 직장생활을 할 때 오랜 시간 하이힐을 신어 체중이 앞으로 쏠린 것이 원인이라고 했다. 일단은 수술보다 더 이상 휘어지지 않게 교정기를 착용 중이었다. 밟힐 당시엔 뻐근한 정도였다. 집에 도착해 옷을 벗는데 갑자기 중심을 잃고 주저앉아버렸다. 이후, 찌를 듯한 통증으로 견딜 수가 없었다. 급히 옷을 입고 절룩거리며 가까운 정형외과에 갔다. 엑스선 촬영을 했다.

"발가락뼈가 완전히 으스러져버렸네요."

깁스를 했다.

"최소한 12주 정도는 꼼짝 말고 이대로 지내야 합니다."

의사는 아무렇지도 않게 말했다. 외출이 불가능하다니 답답한 건 감수하더라도 잦은 모임, 집안의 대소사 등 돌아다녀야 할 잡일들이 한두 가지가 아닌데, 난감한 일이 아닐 수 없었다. 하지만 어쩌랴. 발가락뼈가 으스러졌으니 붙여야 하고, 그러자면 움직이지 말아야 한다니. 수영장에 연락했다. 접수를 하지 않으면 자연 회원 탈락이 되고 다시 기회를 잡기엔 하늘의 별따기라, 사정을 얘기하고 치료기간 중 회원자격만 유지시켜 달라고 부탁했다. 전화를 받은 직원은 일언지하에 안 된다고 거절했다. 하는 수 없이 CCTV를 확인해 밟은 사람을 찾아내 치료비를 요구하겠다는 것과, 탈수기 앞의 혼잡한 상태를 방치한 수련관 측의 책임을 묻겠다고 으름장을 놓았다. 처음엔 그럴 수 없다고 딱 잘라 거절하던 직원이 누군가와 한참을 의논하더니 그렇게 하겠다고 물러났다. 어렵게 등록을 한 뒤 꼭 두 달만이었다. 거의 3개월을 꼼짝 못 했다. 생각과 달리 체중은 오히

52

려 5킬로나 줄었다. 아쿠아로빅의 운동효과 덕분인지, 으스러진 발가락골절로 인한 고통 때문인지, 놀라서 피검사를 했다. 아무런 이상이 없다고 했다. 그렇다면 그 짧은 몇 개월 사이에 5킬로나 빠질 정도로 몸이 힘들었다는 증거가 아닌가. 단지 발가락 하나가 고장 났을 뿐인데도 그렇게 견디기 힘들고 몸의 균형을 잡을 수가 없다니. 새삼스럽게 장애인들의 고충이 피부로 느껴졌다.

나는 키 작은 그 할머니가 처음부터 눈에 들어왔다. 어느 날 셔틀 안에서 해외여행 이야기가 나왔다. 서유럽 간다는 어떤 할머니의 뒤를 이어 예의 그 뚱뚱하고 잘난체하는 할머니가 자랑을 늘어놓았다.

"예전에 우리영감과 백두산 여행을 갔는데 천지연은 정말 볼만하더라고".

뚱보할머니의 여행이야기는 끝도 없이 이어졌다. 중간쯤 의자에 얌전하게 앉아있던 키 작은 할머니가 여느 날과 다르게 조용하게 한마디 했다.

"나는 중학생일 때 수학여행으로 개성의 선죽교에 간 적이 있어. 정몽주가 이성계의 아들 방원이 보낸 조영규 일파에게 철퇴에 맞아 죽은 곳이었다는데, 그곳엔 아무것도 없이 그냥 돌무더기만 있더라고."

선죽교는 개성시 선죽동에 있는 돌다리라고 한다. 이성계가 위화도 회군으로 이씨왕조를 설립할 당시, 고려의 충신인 정몽주를 선죽교 다리위에서 철퇴로 머리를 내리쳐 죽였다는 역사 속 배경이 된 선죽교. 그 다리가 피로 얼룩졌다는 까마득한 옛날이야기를 주변 아는 사람의 입을 통해 들으니 생경한 느낌마저 들었다. 키 작은 할머니가 보았다는 돌무더기는 당시 핏자국을 덮어놓았던 자리며, 지금은 북한에서 국보 159호로 지정하고 〈유네스코 세계유산 개성역사유적지구〉로 보존하고 있다고 한다. 90이 다 되어가는 그 할머니가 중학생 시절이었다니 거짓말은 아닌 것 같았다. 당시에 중학생이라면 남북이 갈리기 전 6·25가 터지기 전이었고, 개성의 선죽교에 수학여행을 갔다는 것도 사실인 듯했다.

이후 나는 그 할머니를 선죽교 할머니라 부르기로 했다. 물론 누구에게도 그 말은 하지 않았다. 선죽교 할머니는 처음 낯선 셔틀버스 안에서 주눅이 들어 주위를 살피는 나에게 미소를 지으며 자신의 옆자리에 앉으라고 손짓했었다. 선죽교 할머

54

니를 유심히 관찰했다. 그녀는 예의가 바르고 조용했다. 보행이 자유롭지 못한 할머니는 셔틀을 타고 내릴 때 반드시 다른 사람들이 모두 내린 후 움직였다. 뒤뚱, 뒤뚱, 뒤 사람들의 길을 막는 여느 할머니들과는 대조적이었다. 그녀는 다른 사람들처럼 차안에서 떠들지도 않았고, 앞질러 내리려 옆 사람을 밀치지도 않았다. 작은 키에 다소 야윈 체격의 할머니는 귀가 때도 언제나 자신이 내리는 지점에서 얌전히 내린 다음, 우리들이 탄 셔틀버스가 마을 골목길을 돌아 보이지 않을 때까지 계속 손을 흔들며 서 있곤 했다. 흡사 어린아이가 어머니의 손을 놓고 선생님의 손에 끌려 원안으로 들어갈 때 느끼는, 다른 세계로 들어가는 것 같은 애잔한 느낌이었다. 셔틀버스에 타자마자 자신의 화려했던 과거이야기로 쉴 새 없이 떠들어대는 다수의 할머니들과는 달랐다. 운동을 할 때도 50분을 채우지 못하고 10분 전에 미리 나와 얌전하게 씻고 셔틀버스에 올랐다. 참 특이한 모습의 할머니였다.

선죽교 할머니가 쓰러졌다. 벌거벗은 채 수영장에 딸린 샤워장에서였다. 88세인 할머니는 그날따라 몸이 찌뿌듯해 수영장에 들어가지 않았다고 한다. 샤워장에서 몸만 씻고 나오려는데 갑자기 쓰러져 119에 실려 갔다는 거였다. 주변 할머니들이 앞 다투어 가족 추적에 나섰다. 할머니는 단독에서 혼자 살고 있었고, 강남의 대형병원에 의사로 근무하는 아들이 있다고 한다. 두 명의 아들 중 나머지 한명 역시 강남에 살고 있는데 잘 나가는 기업인이라고 했다.

"저쯤 되면 자식이 데려가 함께 살 법도 한데 왜 혼자 둔 거야?"

샤워장 안의 할머니들이 일제히 한마디씩 했다.

"본인이 어찌 아들집에 가겠노라 미리 말할 수 있나, 아들이 자진해서 어머니를 모시고 가야지."

"아니지, 애써 키워 놓았으니 당연히 늙고 병들면 자식이 데려가 보살펴야 하는 게 아닌가?"

여기저기서 나이 많은 부모를 홀로 둔 자식에게 쓴 소리들을 했다. 며칠 후 궁금한 마음에 물어볼 수도 없고 애를 태웠다. 사람의 마음은 모두가 똑같은 듯, 어떤 할머니가 먼저 입을 열었다.

"그 할망구 어제 집으로 왔대, 병원응급실로 갔는데 다행히 큰 이상은 없고 그냥 기력이 쇠진해 넘어진 거래. 혼자 사니 먹을 것도 제대로 못 챙겨먹은 모양이라고. 링거만 두병 맞고 일어났다고 하더라구."

여기저기서 할머니의 이후 거처가 궁금해 물었다.

"어디에서 살 거래? 아들 집으론 안 들어가겠대?"

그 할머니가 대답했다.

"아들 둘을 낳아 길렀는데 둘 모두 너무 훌륭하게 키워 오히려 자신이 함께 살 수가 없다고 했어."

제각각 자신이 처한 환경 안에서 다른 생각들을 하고 있는데, 약간 덜 늙은 할머니가 엉뚱한 말을 했다.

"그러게, 다음 접수 때부터라도 나이 제한을 두어야 해. 걸음도 겨우 걷는 할머니들을 모아들이니 저런 불상사가 나지."

119에 실려 갔던 선죽교 할머니에 대해 빈정거리듯 말했다. '그렇담 나도 못 들어오는데.' 저 말을 하는 여자도 금방 70이 되고 80이 된다는 사실을 모르고 하는 소린가. 혼자 낙담을 하며 가슴을 쓸어내렸다. 아니나 다를까, 즉각 반응이 왔다.

"너는 안 늙냐? 그 할머니는 60대에 들어왔어. 그럼 멀쩡하게 다니던 할머니를 늙었다고 자르냐? 너는 안 늙냐고?"

많이 늙은 할머니들이 일제히 소리쳤다. 샤워장은 순식간에 많이 늙은 할머니와 덜 늙은 할머니들 싸움판이 됐다. 이긴 쪽은 물론 많이 늙은 할머니 쪽이었다. 덜 늙은 할머니는 공연히 입바른 소리를 했다가 본전도 찾지 못하고 머쓱해 다소 통통하고 아직은 쓸 만한 엉덩이를 실룩이며 물러났다. 여기저기서 입에 힘이 오른 할머니들이 한마디씩 거들었다

"오냐, 네년은 언제까지 안 늙고 견디나 보자!"

그렇잖아도 선죽교 할머니의 쓰러짐이 남의 일이 아닌 것처럼 느껴졌던 많이 늙은 할머니들은 한숨을 쉬며 서로들 응원하는 눈빛을 던졌다. 오늘은 무조건 많이 늙은 할머니들의 판정승이다. 벌거벗고 쓰러졌던 선죽교 할머니도 중학생시절이 있었다는 것을 떠올리니 살같이 빠른 세월이라는 말이 실감났다.

수영복의 물기를 빼는 탈수기를 돌릴 때도 싸움은 계속됐다. 두 대의 탈수기 앞에 할머니들이 줄을 서 있는데도 자신의 수영복만은 완전한 탈수를 위해 5분씩이나 탈수기 앞을 버티고 서서 다른 사람들의 접근을 거부하는 할머니에 반해, 1분만 살짝 물기만 빼고 가는 양심적인 할머니도 있긴 했다. 사람 사는 곳은 어디든 매한가지인 모양이었다. 점잖게 차려입었을 때는 그럴듯하게 보이던 모습도, 세월이 흘러 늙고 겹겹의 주름 진 살가죽을 한 뱃살들을 볼 때면, 흡사 젊음을 바쳐 나라를 지키고 물러난 퇴역군인 같다는 생각이 들었다. 어쩌다 탱글탱글

한 뱃살을 간직한 젊은 여자들이 보이면 내가 다른 나라에 와 있는 게 아닌가? 착각을 했다. 사방을 둘러보아도 보이는 것은 할머니들뿐인 아쿠아로빅 시간. 낯선 변두리 수영장의 그런 풍경 속에서도 가끔은 훈훈한 얘기가 오갈 때도 있었다. 요즘은 어쩐 일인지 자주 세련되게? 자식들의 흉보다는 확인되지 않은 자랑질 대회를 열었다. 하나같이 효자요, 효녀들 릴레이었다. 할머니들 중엔 유머가 특출한 할머니도 있었다. 외식 등 다른 일정이 잦은 그녀들은 자주 자신이 타는 번호의 셔틀 대신 다른 번호의 셔틀을 바꾸어 탔다. 그럴 때면 사람들을 웃겼다. 다른 셔틀의 열린 출입문 앞에서,

"실례, 실례, 합니다."

익살맞게 노래를 불렀다. 그러면 차 안에 있던 할머니들이 맞받아 답 송을 불러주곤 했다.

"실례, 실례, 하세요."

나이가 많다고 평소의 유머감각이 사라지는 건 아니었다. 하루는 탈의장에서 지난번 실례실례 할머니가 또 한 번 웃음보따리를 안겼다. 운동 후 옷을 갈아입는데 옆에 있던 뚱보 할머니가 실례실례 할머니에게,

"자기는 왜 브라자를 안 해?"

턱을 들이대며 물었다. 실례실례 할머니가 숨도 쉬지 않고 곧바로 되받아 말했다.

"쎅시하게 보이려고."

입만 열었다 하면 미국에서는 을 외치는 할머니도 있었다. 그녀는 언제 해외생활을 하다 왔는지, 줄기차게 미국을 들먹였다. 미국 찬양론자였다. 운동을 할 때는 거의 줄을 맞추지 않고 혼자 두 사람의 공간을 차지해 작고 삐쩍 마른 나신을 흔들어 댔다. 아무도 그녀 옆에 서기를 피했다. 언젠가 나도 모르고 옆에 섰다가 줄이 헝클어져 큰 낭패를 보았다. 셔틀을 탈 때도 얌체 짓을 자주 했다. 앞문 첫 좌석의 1인 좌석에 항상 앉아있었는데, 어쩌다 자신이 늦게 나와 다른 사람이 그 자리에 앉아있으면 당당하게 일어나라고 요구했다. 무슨 근거로 그 자리가 자신이 정한 자리가 됐는지 알 수가 없었다. 나는 저렇게 늙지 말아야지, 다짐을 하다가 혼자 피식 웃었다. 이미 늙어버렸으니 어쩌나.

풋풋한 중학생시절의 선죽교 할머니처럼 꽃다운 처녀시절을 보내고, 아이를 낳고 기르는 위대한 어머니를 거쳐, 모두의 할머니가 된 그녀들. 나는 할머니들의 이름을 거의 모른다. 다른 할머니들도 마찬가지인 듯했다. 필요할 땐 할머니들이 셔틀버스를 타는 지점을 통칭해 불렀다. 어느 날 역촌역에서 타는 80이 넘은 할머니가 셔틀을 타지 않았다. 2, 3회가 거듭되자 셔틀 안의 할머니들이 약속이나 한 듯 의기소침해졌다. 왜 그럴까. 영문을 몰라 할머니들의 동정을 살폈다. 1주일이 지나 실례실례 할머니가 조심스레 말을 꺼냈다.

"역촌역 그 할망구 죽었대."

회를 거듭한 결석이 되자 접수대의 직원에게 물어보았다고 했다. 할머니들은 일제히 침울해졌다. 갑갑함을 못 견디는 뚱보 할머니가 말을 꺼냈다.

"우리들 중 한두 번 결석이면 병원에 가는 날, 그게 연속적으로 길어지면 북망산 간 줄로 아슈요들."

농담으로 여기기엔 그건 자신들의 눈앞에 펼쳐질 현실이었다. 금방 분위기를 반전시키듯 실례실례 할머니가 목을 길게 빼고 말했다.

"자! 자! 간 사람은 간 거구, 남은 사람들은 즐겁고 건강하게 살아야하지 않겠어요? 올해 도토리가 아주 잘 여물었으니 주문할 사람은 하세요."

여기저기서 손을 들어 나도, 나도, 셔틀 안은 어느덧 시장바닥으로 변했다.

"작년에 여기서 산 도토리가루로 묵을 쒔더니 아주 맛있고 탱글탱글하더라고."

응암역 할머니가 말했다. 뒤이어 푸르지오 할머니는 다른 부탁을 했다.

"청포가루는 아직 안 나왔나?"

실례실례 할머니가 대답했다.

"그건 내가 파는 게 아니고 정읍 할매한테 물어보는 게 좋겠구먼."

한두 번 해본 솜씨들이 아닌 게 분명했다. 할머니들은 단순하게 아쿠아만 하는 게 아니었다. 매주 세 번 만남의 장인 아쿠아수영장에서 자식들 자랑, 흉보기, 건강문제에서부터 인생 상담까지, 20년을 이어 왔다니 대단한 친교가 아닐 수 없었다. 그날도 할머니들은 평소에 타던 번호의 셔틀이 아닌 다른 번호의 셔틀에서 가만가만 내렸다. 마음과 달리 몸이 말을 듣지 않는지 한사람씩 내리는 동작을 반복할 때마다 기사 할아버지의 인내심을 시험했다. 다행히 기사 역시 60은 훌쩍 넘긴 듯한 할아버지여서 안심은 되었다. 할머니들은 영자야, 순자야, 순옥아

정겨운 이름을 부르며 지정한 식당으로 떼 지어 몰려갔다. 뒤뚱뒤뚱 걷는 그녀들을 바라보며 나도 머지않아 저 할머니들과 같은 상태가 올 것이 아닌가, 서글픈 생각이 들었다.

어제는 셔틀을 타자마자 깜작 놀랐다. 셔틀 안에 의외로 잔잔한 클래식이 흘러나왔다. 할머니들의 잡담을 막으려 일부러 클래식을 틀어놓았나. 고개를 들어 운전석을 바라보았다. 그동안 가파른 산길을 조심조심 흔들리지 않고 편안하게 할머니들을 실어 나르던 기사 할아버지가 아니었다. 대신 약간은 젊은 아저씨가 운전을 하고 있었다. 어쩐 일일까. 그 할아버지에게 무슨 일이라도 생긴 걸까. 차 안의 다른 할머니들도 궁금한 듯 고개를 갸우뚱했다. 그렇다고 후임으로 온 아저씨에게 당신이 왜 여기에서 운전을 하는 거요? 물어볼 수도 없고, 기사 할아버지가 건강하기만을 바랄 뿐이었다.

선죽교 할머니가 돌아왔다. 할머니는 평소 모습 그대로 조용히 셔틀버스에 앉아있었다. 벌거벗은 채 샤워장에서 쓰러져 앰뷸런스에 실려 간지 2주일 만이었다. 할머니들이 일제히 박수를 쳤다.

만년필

며칠 전 나는 오래된 만년필을 하나 주웠다. 한 번도 사용하지 않은 케이스 그대로인 만년필. 놀랍게도 그것은 독일에서 수입한 엘리제였다. 언뜻 보기에도 꽤 값나가는 만년필을 들고 한참 생각을 더듬었다. 어디선가 본 듯도 한 기억 저 너머의 물건. 어디에서 샀을까. 아님 누구에게서 받았나. 생각은 꼬리를 물고 이어지는데 도무지 확실한 출처가 아리송했다. 그러나 어떤 이유에선지 쉽게 쓰기가 거북해 오래된 핸드백 안에 방치해둔 것임엔 분명했다.

이게 언제부터 여기에 있었을까.

살던 집에서 이사하기로 한 뒤 짐 정리를 하면서 발견한 만년필이었다. 올여름 느닷없이 밤이면 쥐가 천정에서 달리기경주를 했다. 옥탑방에 말아서 넣어둔 전기장판 속에 집을 짓고새끼까지 길렀다. 어디로 들어온 걸까. 마당 한 귀퉁이 텃밭에있는 구멍은 쉽게 찾았지만, 옥탑방으로 들어간 입구는 찾을수가 없었다. 입구를 찾는 수고보다 차라리 헐어서 짓기로 했다.

지은 지 30년도 훨씬 지난 구옥으로 엄마를 모시기 위해 구입한 집이었다. 요양병원 바로 뒤편에 있는 데다 엄마가 좋아하는 마당에 감나무가 있는 집이어서 오래 생각도 안 하고 덜컥 샀다. 정작 엄마는 이 집에서 한 번도 살아보지 못하고 죽었다. 이사를 한 달 남기고서였다. 어쩔 수 없이 내가 입주를 했다. 벌써 3년 전 일이다. 엄마는 일생 아파트에 살아본 적이 없었다. 똑같은 구조의 높은 성냥갑들을 쌓아 올린 것 같아서 답답하다고 했다. 정신이 온전할 때는 아예 아파트 입주를 생각조차 못했다. 마지막 정신이 오락가락해 어쩔 수 없이 아들의아파트로 옮겼다. 하지만 엄마는 틈만 보이면 현관문을 열고도망을 쳐, 찾느라고 온 가족의 혼을 빼놓았다. 안에서 열 수없게 잠금장치를 해 놓아도 번번이 해제를 해버려 밤에도 눈을 못 붙였다. 순번을 정해 보초를 섰다. 간혹 정신이 돌아올 때면 자신의 집으로 데려다 달라며 떼를 썼다.

집 안에서 발견했으니 주웠다고 하기엔 뭣했지만, 그래도 지금껏 까마득히 잊고 있었던 물건이니 주웠다고 해야겠다.

비단으로 된 파란색 케이스를 상하로 벌렸다. 겉과 달리 속은 붉은 비로드 천으로 감싼 도톰한 바닥면 위에 세로로 가림막을 만들어 끼워 넣었다. 스페어 그립과 함께 조용히 누워있는 은색 만년필. 배럴에 아무런 장식이 없이 매끈한 진짜 은으로 만든 것이었다. 뚜껑 부분에 붙은 클립과 아래위 캡탑은 14k로 만들었고, 만년필의 꽃이라 불리는 닙은 진짜 금으로 되어있었다. 아기 손가락 크기의 날렵한 만년필을 손으로 집어들었다. 흔하게 보아온 보통의 만년필보다 훨씬 작은 그것은 은으로 만들어서인지 묵직한 무게감이 느껴졌다. 손가락 크기를 감안한 여성 전용 만년필이었다. 슬립형으로 되어있는 뚜껑을 빼서 손가락에 쥐고 닙을 눌러보았다. 잉크가 나올 리 없었다. 뚜껑 상단의 흰색 천 위에 만년필로 정갈하게 눌러쓴 '행복+좋은 글'이란 필체를 보자 그제야 생각이 잡혔다.

'아, 이것이 어째서 아직도 여기에 있지?'

잉크를 넣고 글자가 쓰고 싶어졌다. 같은 기종의 만년필을 검색했다. 1925년 서독에서 설립된 만년필 제조회사로 이미 20년 전에 만년필 생산을 중단했다는 기사가 떴다. 40년도 훨씬 지난 세월이니 강산이 변해도 4번은 더 변했을 세월이었다. 만년필을 내게 준 사람도, 만든 회사도 이미 지상에서 사라진 지 오래였다. 같은 기종의 그립을 구하는 대신 있는 그립에 잉크를 넣어보면 되지 않을까. 실낱같은 희망을 품고 문방구로 달려갔다. 빛나는 은색 만년필을 건네며 카운터의 젊은 남자에게 물었다.

"이걸 어떻게 사용할 수 있는 방법이 없을까요?"

젊은 남자는 만년필을 요리조리 돌려보며 시간을 끌었다.

"예쁜 만년필이네요."

답답해진 내가 속으로 구시렁댔다. '누가 그걸 모르나. 잉크가 안 나오는 게 문제지.'

한참을 요모조모 돌려보기만 하던 젊은 남자는 안타깝게 쳐다보는 나를 더 이상 견디기 어려웠던지 만년필을 탁자 위에 내려놓으며 말했다.

"사장님이 오셔야 알 것 같아요."

화가 치밀었다. '그럼 진즉에 자신은 모른다고 할 것이지, 공연히 뭔가 알 것처럼 애꿎은 만년필만 돌려가며 만지작거렸나.' 젊은 남자는 자리를 비운 사장이 오기를 기다려 시간을 끈 모양이었다.

"사장님은 언제쯤 오시나요?"

나의 물음에 젊은 남자는 30분은 족히 기다려야 온다고 했다. 지금 밖으로 나가면 영영 만년필을 사용할 수 없을 것 같은 절박함에 문방구 안에서 기다리기로 했다. 이것저것 쓸데없는 문구들을 구경하며 시간을 끌었다. 곧이어 돌아온 사장은 직원에게서 돌려받은 만년필을 보더니 그립 대신 병 잉크를 내밀었다. 물론 다른 회사의 제품이었다.

"이걸 넣어도 될까요?"

나의 물음에 사장은 만년필의 뚜껑을 열고 그립을 빼서 병 잉크에 넣고 밑에서 위로 쑤욱 당겼다. 신기하게도 잉크가 달려 올라가는 게 눈에 보였다. 간단하게 죽었던 만년필이 되살아났다. 연습으로 종이 위에 닙을 눌러 글씨를 써 보았다. 어느 만년필 글씨보다 다소 날렵한 가는 글씨가 쓰였다. 와우!

흘러간 세월 빛나던 이십 대의 어느 날부터였다. 당시 나는 누군가에게 매일 편지로 안부를 전하며 그 시절 유행하던 플라토닉 러브를 했다. 그땐 전화선이 없이 걸어 다니며 상대와 대화를 주고받는 핸드폰이라는 신문물은 상상도 할 수 없던 때였다. 그건 당연히 먼 달나라 얘기로 치부됐다. 모든 통신은 편지로 대신했고 만년필로 글자를 쓰는 사람은 극히 소수여서 작가나 기자가 아니면 아무나 만년필을 지니지 않던 시절이었다. 연필 대신 볼펜이란 필기구를 사용하는 것만도 호사로 여겼다. 자신의 월급 일부분을 뭉텅 떼어내었을 희생을 감수해 선물한 만년필과 그때의 기억들이 안개가 걷히듯 서서히 모습을 드러냈다.

그날도 비가 내렸다. 약속장소인 동성로의 다방 '맥심'은 젊은 청춘들이 뿜어내는 열기로 후덥지근했다. 모두들 몽롱한 상태로 마주 앉은 연인과 소곤대며 애정을 과시했다. 여기저기서 뿜어내는 담배 연기로 앞은 거의 보이지 않았다. 그 시절 흡연은 멋의 상징이었다. 장소 불문 젊은이들이 무방비로 뻐끔뻐끔 연기를 뿜어댔다. 희미한 연기 사이로 누군가 앞으로 나갔다. 녹음실 구멍 사이로 사각으로 접은 쪽지를 내미는 모습이 보였다. 잠시 후 실내엔 김세환의 '비'가 잔잔히 흘렀다. 모두 숨죽인 채 노래를 들었다. 당시엔 다방마다 신청한 곡을 틀어주는 디제이가 있었다.

그는 오지 않았다. 3일 전 자취방으로 날아든 엽서에는 분명 오늘이었는데, 어쩐 일일까. 지금껏 한 번도 약속을 어긴 적 없던 그였다. 사각형의 빳빳한 엽서엔 단 한 줄,

"27일(토) 4시 맥심에서 기다리겠습니다."

짧고 명료한 문장이 떠올랐다. 수십 명의 사람들이 그사이 다방을 나가고 들어왔다. 입구 쪽 벽엔 약속을 지키지 못할 사연들을 적어놓을 나무판이 걸려 있었다. 전화기 한 대 값이 집 한 채 값이던 시절이었다. 달리 연락할 방법이 없던 때, 기다리다 오지 않는 사람이 생기면 자리에서 일어나 나무판 위의 고무줄을 당겨 메모를 보는 게 일상이었다. 간단한 연락사항은 편지나 엽서가 주종으로 날짜가 다급한 건 전보를 이용했다. 당연히 사람이 죽으면 보내는 부고는 전보였다. 속초에 있는 그가 대구로 와 쪽지를 걸어놓고 가는 건 무리라 생각됐다. 더욱 그는 군인이 아닌가. 무작정 기다리기로 했다. 그들 틈에 벌써 6시간째 꼼짝하지 않고 한자리에 앉아 있었다. 비는 계속 내렸다. 홀 안에선 '비'의 신청곡이 연속으로 이어졌다.

우리 처음 만난 날 비가 몹시 내렸지.
쏟아지는 빗속을 둘이마냥 걸었네.
흠뻑 젖은 머리에 물방울이 돋았던,
그대 모습 아련히 내 가슴에 남아있네….

신청곡은 날씨에 걸맞게 거의 '비'에 관한 노래였다. 통금이
가까워져 오고 있었다. 자주 카운터의 종업원이 나의 자리를
흘끔거렸다. 어쩌지? 나갈까. 아무런 연락이 없으니 나갈 수도
없었다. 혹시 집으로 전보라도 오면? 급한 일이면 전보라도 칠
텐데…. 안절부절못하고 막 자리를 뜨려고 일어서는데 마주 보
이는 출입문 안으로 비에 흠뻑 젖은 그가 나타났다. 털썩 주저
앉았다. 그는 군복 모자 위로 흘러 얼굴을 적시는 빗물을 손수
건으로 닦으며 환하게 웃었다.

"비가 와서 비행기가 못 떴어. 대신 버스를 타고 오느라…"

어깨에 달린 무궁화 한 개가 비에 젖어 구겨졌다.

"우산을 쓰고 오지 그냥 이 비를 맞고 와요?"

나의 질책에 그는 머리에서 흘러내리는 빗물을 손으로 털어
내며 대답했다.

"군인은 우산을 쓰면 안 돼요, 아가씨!"

"무슨 그런 법이 어디 있어요?"

"여기 대한민국에….."

속초에서 근무하는 그는 토요일 오후면 어김없이 내 앞에 나타났다. 영관급 장교는 비행기 요금이 할인되던 시절이었다. 180cm가 훌쩍 넘는 큰 키에 서늘한 눈매를 가진 그를 알게된 것은 육군에서 발행하던 『정훈』이라는 잡지에서였다. 군인이었던 동생이 가끔 집으로 가져오는 월간지에 실린 그의 시는 그 시절 내 가슴을 가장 설레게 했다. 군인들이 쓴 글이라는 걸 믿기 어려울 정도의 섬세한 필치의 시나 마지막 페이지에 실리는 연재소설은 언제나 나에게 다음 호를 기다리게 했다.

어떻게 내 주소를 알게 됐을까. 어느 날부터 그에게서 편지가 날아오기 시작했다. 퇴근하여 집으로 돌아오면 옆방 할머니와 함께 쓰는 부엌 방문 앞에 얌전하게 놓여있는 하얀 편지 봉투, 퇴근길 조급증을 내며 달려오기에 충분했다.

"옆방 처자 연애하나 보네."

김치 등 반찬을 만들 때마다 여분으로 만들어 나에게 건네주며 할머니가 놀렸다.

그는 글씨도 시원시원하고 크게 잘 썼다. 하얀 백지 위에 만년필로 굵직하게 눌러쓴 편지는 한 편의 단편소설을 읽는 느낌이었다. 파도치는 속초의 군 막사에서 일과를 마치고 일기처럼 써 보내는 그의 편지는 힘든 직장생활을 하는 나에겐 피로를 푸는 청량제였다.

매일매일 편지가 날아들었다. 파도와 바다에 관한 이야기만으로도 10페이지가 넘도록 쓰는 제주가 있는 그에 비해, 난 도시 생활의 복잡함과 매일매일 창구에서 일어나는 소소한 일상을 적어 보냈다. 그는 나의 이름을 언제나 끝 자로만 불렀다.

'영'

지금 파도치는 바닷가 방파제에 나와 있습니다. 사방을 둘러보아도 보이는 것은 높이 넘실대는 흰 물보라뿐, 외로운 성엔 성주 혼자 있습니다. 이렇게 시작하는 글은 내가 직접 파도치는 바다를 바라보는 듯 생생했고, 외로운 휴전선 끝에 앉아 조국을 지키는 젊은 남자의 고독을 몸으로 느끼는 것 같았다. 그는 매주 토요일이면 어김없이 내가 있는 도시로 날아왔다. 당시엔 토요일에도 오전 근무를 했다. 버스로 7,8시간 걸리는 거리를 비행기로 2시간 정도 걸려서 도착했다. 토요일 4시 정도면 어김없이 내 앞에 나타나는 그에 대해 나는,

"하늘을 나는 여의주를 타고 왔나 봐요?"

감탄했다. 속초엔 비행장이 있었다. 더욱 영관급 장교는 30프로 할인을 해준다고 했다. 월급이 비행기 삯으로 몽땅 날아갈 지경이었다.

"아가씨, 그만 빅토리로 갈까요."

우린 만나면 다방에서 커피를 마시고 곧바로 음악 감상실로 향했다. 당시 동성로엔 방송국이 있었다. 근처에 방송국이 있어서인지 팝송을 전문으로 틀어주는 음악 감상실이 여럿 있었다. 그중에서 가장 선호했던 곳이 빅토리였다. 신청곡과 팝송을 번갈아 틀어주었다. 팝송에 익숙하지 않은 나에 비해 군인이었던 그는 한 곡도 빠뜨리지 않고 모두 허밍으로 따라 불렀다. 그는 또 시간에 철저했다. 밤 10시가 되면 어김없이 나를 집으로 데려다주고 미리 정해놓은 자신의 숙소로 미련 없이 돌아갔다. 이튿날 다시 9시부터 데이트를 시작했다. 가까운 절이나 유원지에 가서 배를 타거나 절 마당에 올라서서 대웅전을 함께 바라보며 각자 손 모아 합장을 했다. 외양에 어울리지 않게 간절하게 무언가를 비는 그를 향해,

"무슨 소원 빌었어요?"

물었지만 그는 절대 비밀이라며 함구했다. 싱겁고 건조하기

짝이 없는 데이트, 우린 그런 재미없는 데이트를 2년씩이나 유지했다. 그 시절 나는 남녀가 밤을 함께 보내면 반드시 결혼을 해야 한다고 믿고 있었다. 철저히 자기관리를 하는 그에게 원래 군인은 그런 식의 데이트만 하는 건 줄 알았다. 후일 치열한 자기와의 싸움 끝에 시간을 벌며 일을 저지르기 전까지는.

손 한번 잡지 않고 그냥 마주 보며 이야기만 하고 편지만 쓰는 연애, 그의 상황을 전혀 몰랐던 나는 그게 최상의 연애로 보기만 해도 가슴이 뛰었다. 친구에게 우리의 연애 형태를 얘기했다. 이해할 수 없다는 듯 고개를 외로 꼬며 나의 연애 상황을 듣던 친구는 단칼에 말을 가로막으며 단정했다.

"얘, 그건 너를 정말로 사랑하지 않아서 그런 거야."

친구는 당시 대학 졸업 후 이미 회사원이 된 남자친구와 열렬히 연애 중이었다. 그 애의 지론에 따르면 남녀가 사랑하게 되면 당연히 마음은 물론 몸도 함께 해야 진정한 연애라는 거였다. 훗날 그가 죽고 의문에 휩싸였다. 진정한 연애가 아니어도 그걸 이루지 못하면 목숨을 버릴 수도 있는가 하는.

가끔 교외로 나가기도 했다. 사과가 흔한 대구엔 근교에 사과밭이 지천이었다. 빨갛게 익은 국광은 한입 베어 물면 달콤

한 과즙이 입 안 가득 고였다. 과수원 풍경 또한 아름다웠다.

"왜 사과를 따서 상자에 넣지 않고 나무 밑에 죽 깔아놓았죠?"

궁금해서 묻는 내게 도시 사람답지 않게 아는 것도 많은 그가 대답했다.

"원래 사과는 이렇게 마지막 빛깔을 내는 거예요, 아가씨."

나를 부를 때 그는 편지엔 '영,' 대면했을 땐 언제나 '아가씨'라 호칭했다. 나무 밑에서 가을 햇살을 받아 붉게 타오른 국광이나 홍옥은 그때 시장에 내다 팔았다. 지나가다 과수원에 들러 1,000원어치만 사도 한 아름씩 주던 대구의 사과, 지금은 거의 사라진 건지 보이지 않았다.

그는 또 매 월말에 발행되던 국방부 문예지 『정훈』에 한 번도 빠짐없이 시나 수필 소설들을 기고했다. 매회 그의 작품을 읽는 것이 기다려졌다. 책 뒤쪽에 실린 연재소설은 언제나 극적인 장면에서 멈춰버려, 다음 호에 나올 얘기가 궁금해 견딜 수 없을 지경이었다. 당시엔 읽을거리가 많지 않았다. 정기적인 잡지의 대표로는 학생들을 상대로 하는 『학원』이나 주부들을 상대로 하는 『주부생활』이 대부분이었다. 대신 각 회사나 관공서에서 발행하던 기관지는 어느 곳이든 존재했다. 교직원들이 주로 읽는 월간지는 보통의 크기에 비해 A4 용지 크기의 잡지로 나왔다. 앞면은 학습에 관한 것이었지만 뒷면으로 가면 시와 수필, 맨 마지막엔 반드시 연재소설이 있었다. 당시엔 빠르게 경제가 살아나던 시기여서 쉽게 직업을 가질 수 있었고, 기업체마다 월간지 하나씩은 반드시 발행했다. 아마추어 문학도들은 여러 지면을 통해 투고했다. 그러면 기업체마다 정해진 심사위원 한두 명이 꼼꼼하게 합평을 달아 지면을 채워 주었다. 공개 합평이었다. 신경림 선생님이나 박목월 선생님, 서정주 선생님 등 그 시절 활동하던 문인들 거의가 기관지 한두 편씩 합평했다.

그의 편지를 떠올려 봤다.

영, 지금 나는 동해의 최북단 바닷가 막사 안에서 당신에게 편지를 씁니다. 하얀 물보라가 검은 바위를 세차게 때리는 광경을 눈으로 보면서 부서지는 파도에 떠밀려 영이 있는 그곳으로 흘러가고 싶습니다. 이곳은 눈을 들어 사방을 둘러보아도 보석처럼 포말을 일으키는 물보라와 쉼 없이 넓게 퍼진 짙푸른 바다뿐입니다. 혈기 넘치는 사내아이들을 몰아쳐 정신없이 훈

련을 마치고 숙소로 돌아오면 보이는 건 끝없는 적막과 발가락 냄새나는 군인, 사람이라 칭하지도 않는 '군인'들 천지입니다.

문득 '나는 왜 여기 있을까' 번쩍 정신이 들 때가 있습니다. 하고많은 직업 중 하필이면 군인이 되어야만 하는지조차 자각하지 못할 정도로 어릴 때부터 집안의 보이지 않는 관례대로 육군사관학교에 입학했고, 순차적으로 장교가 되었습니다. 나의 형들도 모두 한 치의 망설임이나 의심 없이 장교로 입대해 군 생활을 마쳤습니다. 부산의 사립고등학교 이사장이신 할아버지의 뒤를 이어 교육자의 길로 들어선 아버지는 우리 삼 형제를 당시 젊은이들이 가장 선호하던 육사에 입학하는 걸 강력하게 추천했습니다. 하지만 이렇게 파도치는 한겨울 밤이면 인간사회에서 감성이 풍부하고 말이 통하는 여린 여자와 오손도손 책 이야기를 하며 평화롭게 살아보고 싶은 간절한 소망이 싹터 오릅니다.

그는 군인이기 이전에 감성이 풍부한 예술가의 자질을 타고났다. 하지만 그의 집안에선 그것을 인정받기 어려웠다. 다시 살린 만년필로 그를 불러내 영원히 부치지 못할 편지를 썼다.

빛나는 이십 대, 처음 당신을 만나던 날이 생각납니다. 동성로의 다방 맥심이었지요. 당신은 예의 씩씩한 군복차림이었어요. 어깨엔 무궁화 한 개의 소령 계급장을 단 채로요. 키가 크고 몸가짐이 군인답게 절도 있고 씩씩한 당신은 나보다 세 살이 위였습니다. 짙은 눈썹 아래 결기에 찬 당신의 눈동자는 언제든 북한에서 한 번만이라도 집적거리면 목숨 걸고 분연히 달려 나갈 용맹스러운 대한민국의 군인이었습니다. 당시 젊은 나이에 요절한 홍콩의 무협영화 배우 이소룡이 아닌, 육군 장교 이 소령. 이름이 비슷해 같은 운명을 타고난 것일까요.

요즘은 정치인들이나 돈 많은 사람들의 자식들은 하나같이 무슨 병인지 모를 지병을 갖고 있어 군대 가는 일이 드물지만, 당시엔 분위기가 완전히 반대였어요. 선호하는 젊은이들의 1순위가 육군사관 생도였을 정도로 사회의 인식도 젊은이의 자부심도 대단했으니까요. 그 본보기를 당신의 집안에서 보여줬지요. 당신의 집안에선 무조건 아들은 군대에 가야 한다는 확고한 생각이었으니 막내인 당신도 자연스레 장교가 됐을 테지요. 그때만 해도 지금의 미국처럼 장교가 되는 걸 영광으로 알던 때였으니까요. 외유내강, 직업이 군인인 당신은 어울리지 않게 글을 잘 썼습니다. 처음 당신을 알게 된 것도 역시 장교인 동생이 가져온 국방부에서 간행하던 『정훈』이라는 월간지에 서였습니다. 예나 지금이나 활자를 좋아하던 저는 동생이 가져온 책에서 처음 당신의 시를 보았습니다. 동생을 통해서였는지 확실한 기억은 없지만, 당신을 알게 되었고, 편지를 주고받게 되다가 속초에서 대구로 매주 비행기를 타고 오는 나의 당신이 되었습니다.

오늘도 비가 옵니다. 지금은 한겨울인데 어찌 된 일일까요. 세월이 흘러 계절도 주기대로 움직여주지 않는 것 같습니다. 예전의 겨울은 엄청나게 추운 것이 정설이었는데, 요즘은 온종일 비가 와서 흡사 초여름 장마철 같았습니다. 눈 대신 비가 왔어요. 계절의 흐름대로라면 소담스런 흰 눈이 펑펑 쏟아져야 하거든요. 계절도 나처럼 생각이 뒤죽박죽 순서를 잊어버린 초기 치매 환자라도 된 걸까요. 잠깐이 아니라 종일 비가 쏟아지더니 일기예보에서조차 기온이 23도라는 놀라운 발표를 했습니다.

그곳은 어떤가요. 지금쯤 P시의 어느 곳에서 직업에 어울리지 않게 하염없이 그 순수하고 여리던 감성대로 늙은이가 되어 창가에 앉아 먼 지난날을 회상하고 계신가요. 어제는 시내에 나갔다가 가슴 짠한 모습을 봤습니다. 언제부턴가 지하철엔 작은 쇼핑 가방을 수십 개 얼기설기 엮어 힘겹게 이동하는 할아버지들을 만나게 됩니다. 처음엔 영문을 몰라 나이 드신 할아버지들이 무슨 쇼핑을 저리도 힘들게 많이 하느냐고 아는 언니에게 물은 적이 있었죠.

"언니, 할아버지가 무슨 쇼핑을 저렇게 많이 할까요. 혹시 자녀들 선물 주려고 하나요?"

내 물음에 언니는 어처구니가 없다는 표정으로 나를 훑어보더군요. 쇼핑이라니요. 그건 할아버지들이 직접 쇼핑한 게 아니라 백화점 등에서 고객들이 물건을 구입하면 수선이라든가 아니면 다른 매장에서 고객의 주문대로 물건을 옮겨주는 아르바이트를 한다고 했습니다. 쇼핑 봉투 하나에 3,000원 정도를 받는 신종 아르바이트 일꾼들이라는 얘기를 듣고 얼마나 놀랐던지요. 요즘은 세상 돌아가는 모든 것이 놀랄 것뿐이라는 생각이 듭니다.

제가 다니는 문화센터가 명동의 백화점 지하에 있는데, 처음엔 문화센터도 지하가 아닌 지상 11층에 있었습니다. 그러던 것이 어느 때부턴가 14층까지 리모델링을 한 뒤 네 개 층 모두를 식당가로 바꾸어 놓았습니다. 갑자기 1995년에 발생한 삼풍백화점 붕괴사고가 생각나더군요. 당시 제가 아는 여의사의 딸이 그곳에서 깔려 죽었거든요. 직장에 다니며 시험관을 위해 아침저녁 주사를 맞아야 하는 나를 위해 그 여의사는 일부러 일찍 출근해 주었고, 나 역시 여의사 딸의 돌 때는 반지도 선물했는데, 그런 횡액을 당했으니 남의 일 같지 않았어요. 그날 밤 세미나에 간 엄마 대신 외할머니와 동화책을 사러 갔다가 변을 당했다지 뭐예요. 열흘 넘게 매몰 현장을 지키던 여의사 앞에 외할머니가 떨어지는 낙하물을 피해 치마폭으로 손녀를 덮어씌운 모습은 현장을 목격한 모든 사람의 눈물을 쏟아내게 했던 장면이었지요. 딸과 친정어머니를 한꺼번에 잃어버린 그 여의사의 심정이 어땠을까요. 지금도 가슴이 먹먹해집니다.

이후 저는 높은 건물에만 들어서면 등에서 식은땀이 흐르고 가슴이 조여오는 증상이 생겼어요. 이렇게 자꾸만 위로, 위로 증·개축을 하다 보면 삼풍백화점처럼 무게를 이기지 못한 기둥이 무너져 죽는 건 아닐까 하고요. 다행히 우리가 공부하던 센터는 지하 1층으로 밀려났습니다. 대신 저는 기뻤지요. 높은 곳에서 떨어지는 무서운 꿈은 일단 피했으니까요. 반면 건물이 무너진다면 눌리는 힘은 위에서부터일 테니 지하가 오히려 무겁겠다는 생각은 들더군요. 정말 왜 이럴까요. 살 만큼 살았고 어느 정도 담력도 있다고 생각했는데, '죽음 염려증'이라도 생긴 걸까요. 나이가 드니 사방에 무섭고 두려운 죽음뿐이라는 게 눈에 띄기 시작합니다.

당신의 일상은 어떤가요? 물론 백화점 쇼핑백을 옮겨주는 아르바이트를 하는 노인이 된 건 아닐 테지요. 연금이 있고 형편이 나은 당신을 생각하면 안도감이 들다가도 사람 일이란 정말 모른다는 두려움에 휩싸여 공연히 알 수도 없는 당신의 노후 생활이 궁금해집니다. 나는 요즘 다리가 아파 계단을 내려갈 땐 반드시 난간을 잡아야 하는 할머니가 되었어요. 폐 쪽이 부실한 게 집안의 내력이라 치료를 받았던 나는 당시 오후만 되면 얼굴이 붉게 달아올랐고, 내가 세상에서 가장 예쁜 줄 알았다는 당신. 비행기가 뜨지 못하면 구불구불 산길을 돌아 8시간을 달려 내게 달려온 당신은 시쳇말로 그때 미쳐버렸던 것인가요?

그렇게 2년이 다 되어가던 어느 날. 그날도 어김없이 비행기를 타고 온 그의 얼굴에 손톱으로 할퀸 것 같은 작은 생채기가 나 있었다. 무슨 일이냐고 놀란 내가 물었다.

"아무것도 아닙니다. 그냥 철조망에 긁힌 자국입니다."

아무리 봐도 철조망에 긁힌 자국은 아니었다. 계속 우울하게 마주 앉아 있는 내게 결의에 찬 얼굴로 그가 어렵게 말문을 열었다.

"영에게 고백할 게 있습니다. 저는 결혼한 사람입니다."

가슴이 철렁 내려앉았다. 재단 이사장이었던 그의 아버님이 같은 교육계에 근무하는 친구의 딸과 어릴 때부터 정해놓은 여자가 있었다고 했다. 그 시절 흔한 결혼풍속도였다. 놀랐다. 그는 어쩜 나와 반대 처지의 희생양이었던 것이다. 부모님이 정해놓은 사람과 정략결혼을 해 불행해진 그와, 우리집안의 파산으로 결혼하지 못해 불행한 나의 케이스. 한 번도 나는 엇갈린 운명을 입 밖에 내본 적이 없었다. 정말 우리는 하늘이 정해준 필연적인 만남이 아닌가. 그는 위엄 있고 카리스마 넘치는 장교복을 입은 채 어깨를 들썩여 울고 있었다. 결연한 의지로 결심한 듯 그가 고개를 들고 덧붙였다.

"앞으로는 제 뜻대로 살겠습니다. 지난 2년간은 제 생애 가장 행복했던 시절이었습니다. 부모님들의 약속으로 사랑을 느낄 사이도 없이 정략결혼을 했고, 우리 관계를 부모님께 말씀 드렸으니 영은 그냥 나만 믿고 가만히 있기만 하면 됩니다."

고개를 들어 그를 바라봤다. 그는 모든 걸 털어놓으니 오히려 마음이 홀가분하다고 했다. 감쪽같이 2년을 한 번의 약속도 어김없이 이행해온 그가 기혼자라니. 그럼 내게 보여준 또 다른 모습은 뭐란 말인가. 친구가 주장한 몸과 마음을 함께 하지 않은 이유가 이거였나. 그제야 모든 걸 이해할 수 있을 것 같았다.

자신의 주변을 정리하기 전에 절대로 책임질 행동을 하지 않겠노라는 의지가 그간 얼마나 그를 괴롭혀 왔는지를.

엄청난 혼란이 왔다. 시간을 갖고 생각을 해보겠노라는 말을 남기고 헤어졌다. 하지만 나로 인해 다른 여자의 가슴에 상처를 입힌다는 건 양심이 허락하지 않았다. 무슨 낌새를 느꼈는지 평소에 주말을 빼곤 전화를 하지 않던 그가 매일 장거리 전화를 걸어왔다. 근무 중 받는 전화는 그 자신이나 나에게도 불편하긴 마찬가지여서 간단하게 끊기를 반복했다.

약속한 토요일이었다. 습관처럼 발길이 가는 동성로를 피해 동화사 절을 찾았다. 삐삐나 핸드폰이 없던 시절이었으니 나의 부재는 도저히 알 길이 없었을 터였다. 수없이 헛걸음했을 그는 비행기가 뜨지 못하면 버스를 이용해 8시간을 걸려 내려왔고, 만나지 못하고 되돌아갔다. 다음 주도, 그다음 주도. 남을 아프게 하고 얻은 행복은 결코 진정한 행복이 될 수 없다는 주지 스님의 말씀대로 단호하게 소식을 끊었다.

이후 나는 직장을 따라 멀리 서울로 옮겨와 적응하느라 그의 행적에 관심을 둘 여유가 없었다. 물론 그는 훌륭한 대한의 군인으로 국방의 의무를 지키며 건재하게 지내리라 믿었다.

그 후 일 년이 지난 어느 날이었다. 회사로 낯선 군인이 면회를 왔다. 근처 다방으로 안내를 했다. 복잡한 얼굴로 말없이 나를 바라보던 남자가 작은 상자를 건네며 말했다.

"승환이 지난주에 갔습니다."

남자는 그와 같은 동기로 그에겐 자녀가 없고, 그간의 사연을 자신만이 알며 나를 만났던 지난 2년의 시간이 그 친구의 유일한 행복이었노라 말했다. 완고한 아버지의 고집과 지금껏 길들여진 집안에서 혼자 이단아가 되어 힘겨운 싸움을 하던 그가 모든 걸 포기하고 떠났다는 거였다. 나는 멀뚱하게 낯선 군인을 바라봤다. 저 남자는 지금 무슨 말을 하고 있는가. 이건 현실이 아닌 소설 속의 이야기야. 사실을 부정하며 믿고 싶지 않았다. 그의 목소리가 귓가에 맴돌았다. 음악 감상실에서 거침없이 팝송을 따라 부르며 함께 했던 시간들이 자신의 인생에서 가장 빛나고 행복한 시간이었다니.

이젠 영영 지상에서 그를 볼 수 없게 되었다. 그의 탓이라기보다 결혼제도와 나의 소심함 때문이라는 생각이 들었다. 외롭게 혼자 싸웠을 그를 생각하니 죄책감이 밀려왔다. 그는 혼자 힘겨운 싸움을 했는데, 나만 세상의 비난과 마음고생에서 해방되고자 현실을 외면했던 것이었으니⋯. 보이는 모습은 강인하고 씩씩한 군인의 모습이었지만 마음이 한없이 여린, 글을 잘 쓰던 그는 그렇게 지상에서 영원히 사라졌다.

이후 잠을 이룰 수 없는 수면장애에 시달렸다. 가슴이 뛰고 5분을 거푸 잠을 잘 수 없었다. 신경정신과 병원에 다녔다. 효과가 없었다. 죽은 사람을 되살릴 방법이 없는 한 내 병은 치유될 수 없는 형태였다. 회사에 휴직계를 내고 암자에 들어갔다. 집에서 가까운 해인사의 약수암에서 하숙생으로 살았다. 다소 마음이 안정되긴 했다. 5분을 이어 잠을 자지도, 먹지도 못하던 수면시간이 10분으로 늘고 음식도 조금씩 먹기 시작했다. 함께 간 육촌이 공양간에서 나물밥을 담아와 조금씩 입맛을 되찾고 기운을 차렸다. 수면시간도 차차 시간을 늘려 두 시간, 3

개월이 다 찼을 땐 거의 서너 시간은 내처 잘 수 있었다.

'살아있는 사람은 어떻게든 산다.'

옛말이 생각났다. 이후 나는 다시 사회로 복귀해 아무렇지
도 않게 세상을 살았다. 그때 받았던 상자 속 물건이 이 만년필
이었다.

세월이 흘러 늦둥이 아들이 입대할 때였다. 인터넷으로 지
원서를 작성한 아들이 말했다.

"22사단이라는데 그곳이 어디야?"

함께 검색했다. 하고 많은 장소 중 하필이면 속초를 지나 휴
전선 최전방인 고성이었다. 아들을 뒷좌석에 태우고 구불구불
이어지는 7번 국도를 타고 해안도로를 달렸다. 도로를 끼고 사
라졌다 나타나는 마을들과 바다, 또 바다. 쉼 없이 부서지는 포
말들을 바라보며 오래전 그가 생각났다. 그가 바라보았을 바다
는 망망대해 저 바다 어디쯤이었을까.

나이가 들자 신체 중 가장 자신만만하던 시력이 말썽을 일
으켰다. 장시간 활자를 보면 어김없이 시야가 흐려지며 눈의
피로를 느꼈다. 덜컥 겁이 났다. 다른 곳도 아닌 눈이라 서둘러

정밀검사를 했다.

"별문제는 없고 노안입니다."

의사는 아무렇지 않게 말했다. 지금껏 무엇 하나 이루어낸 것 없는 세월을 보내는 사이 눈은 벌써 노안이란 단어를 달고 내 앞을 서성이며 가로막고 있었다. 억울한 생각이 들었다. 빛나던 젊음은 찰나에 불과하다는 생각과 어느새 늙음의 길잡이인 노안이란 단어를 길동무해 가야 한다니, 허망함이 밀려왔다. 지난 시절 안타깝게 흘려보낸 청춘은 어디로 갔을까. 예전 진정한 사랑이란 몸과 마음을 함께 바쳐야 한다며 열렬히 주장하던 친구는 얼마 후 그 남자와 헤어져 다른 사람의 아내가 되었다. 사랑을 위해 목숨을 버린 남자와 형편에 따라 수시로 사랑의 대상을 바꾸는 여자. 사랑의 기준은 진정 무엇일까. 회오리치듯 한바탕 지나간 젊은 시절 열정도 식었다. 이젠 그저 남에게 폐 끼치지 않고 조용히 살다가 나 스스로 나를 감당할 수 있을 때 죽고 싶다. 의식이 없어 내가 나를 책임질 수 없다면 그보다 더 끔찍한 일은 없을 테니까. 그런 행운이 내게도 허락되기를 간절히 기도해 본다.

'행복한 삶과 좋은 글'을 쓰라는 그의 염원대로 나는 행복하지도 불행하지도 않은 세월을 보냈다. 좋은 글쓰기만은 저승길의 문턱에 선 지금까지 여전히 미완성인 채로 남아있다.

두 여자

그녀는 백발이 되어 있었다.

일 년 전 간암 진단을 받았던 사촌오빠의 장례식장에서였
다. 어둡고 칙칙한 장례식장 후미진 곳에서도 유독 눈에 띄는
백발의 노파. 기품 있는 자태에 조용한 움직임, 입가에 새겨진
잔주름만 빼면 여전히 뭇 사내들의 간담을 서늘케 할 것 같은
그녀가 소리 없이 걸어와,

"애기씨 아이가?"

하며 내 손을 덥석 잡았다. 순간 아득한 기억을 더듬어 마주
손을 잡으며,

"형님이 여길 어떻게?"

하고 되물었다. 우린 시누이와 올케 사이였다. 내가 초등학

교 4학년이던 봄, 올케는 스무 살의 나이로 꽃가마를 타고 우리 집 안마당에 하얀 버선발을 살포시 내려놓았다. 나는 올케를 처음 본 순간 정말이지 하늘에서 선녀가 내려온 줄 알았다.

올케는 보기 드문 미인이었다. 혼담이 오갈 때부터 소읍의 작은 마을엔 올케의 이야기로 아낙들이 모이는 우물가가 시끄러울 지경이었다. 방앗간과 주유소를 겸하고 있는, 읍내에선 첫째가는 부잣집의 장남과 이웃 마을에서 딸 많기로 소문난 집의 여섯 자매 중 셋째 딸의 혼담이었다.

올케는 공부도 잘했다. 군내에 하나뿐인 여학교에서 일등을 놓친 적 없는 재원이었다. 아버지는 며느리가 똑똑해야 집안이 번성한다며 오빠가 고등학교를 다닐 때부터 올케를 점찍어 놓았다고 했다. 마을 여자들의 시샘과 부러움 속에 진행된 혼담을, 그러나 어머니만은 달가워하지 않았다. 그건 아버지 때문이었다. 일본 유학까지 다녀온 잘난 남편의 바람기 때문에 일생 마음 편히 살아본 적이 없었던 어머니는, 흡사 자신이 장가를 가는 양 들떠서 예쁜 며느리만 찾는 아버지가 마음에 들지 않았던 것이다. 더욱이 어머니는 살림은 부족하지만 마음 씀씀이가 넉넉하고 수수한 외모의 다른 규수를 점찍어두고 있었다. 어머니는 '미인박복'이라며 흠잡을 데 없는 올케의 얼굴 중

눈꼬리가 약간 올라간 것을 트집 잡기까지 했다.

읍내에 하나뿐인 넓은 장례식장은 발 디딜 틈이 없을 정도로 붐볐지만 내가 아는 사람은 눈에 띄지 않았다. 고향을 지킨 사촌오빠와 달리 우리 형제들은 40년 전에 일찍 고향을 떠났기 때문이다. 큰집 조카와 사촌 올케 정도가 고작 내가 알아볼 수 있는 사람의 전부였다. 사촌오빠는 어머니가 키웠다. 일제 강점기 만주로 떠나는 큰아버지를 따라 나선 큰어머니는 첫돌을 갓 지난 아들을 데려가지 못했다. 장손이란 이유에서였다. 장손이기도 했지만 손자를 인질로 삼아 나중에 아들이 집으로 돌아올 빌미를 주려 한 것이 할아버지의 생각이 아니었던가 싶다. 첫 아들을 갓 낳은 나의 어머니에게 장손의 양육을 맡긴 할아버지의 명령을 그 시절 누구도 거역하지 못했다. 우린 사촌오빠를 큰오빠라 불렀다. 친오빤 그냥 오빠였다. 큰어머니는 가는 날까지 눈물로 날밤을 새웠다고 했다. 어린 아들을 안고 젖을 먹이다가도 울고, 아궁이에 불을 지피다가도 울고, 밥을 푸다가도 울었다고 훗날 어머니가 말했다. 할아버지는 사촌오빠가 장성하여 결혼을 한 후 우리를 분가시켰다.

사촌오빠는 마음씨가 고왔다. 아무리 할아버지가 끔찍이 챙겨주고 작은어머니가 친자식보다 더 보듬어 주었어도 자신을 낳아 준 부모에게 비할 수 없었던지 늘 정에 목말라 했다. 다행히 30여 년 전 중국에 있는 동생들과 연락이 닿아 왕래를 했고, 형제 중 두 명은 아예 한국에 정착했다. 그 중 한 명이 북한에서 의사로 근무하고 있다고 했다. 그 시절 육사를 졸업하고 직업군인으로 있던 남동생이 북한에 있다는 사촌문제로 정보기관에 불려가 조사를 받았다.

사촌오빠는 연민이 많았다. 어려운 사람들을 보면 그냥 지나치지 못하고 어떤 방법으로든 도와주었다. 평생을 그렇게 산 성품을 반영하듯 사촌오빠의 장례식장엔 군민 모두가 온 것 같았다. 나고 자라 고향을 떠나본 적이 없는 사촌오빠는 사범학교를 나와 고향에서 죽 교편을 잡고 있었다. 올케 역시 오빠가 죽고 일 년 남짓, 사촌오빠 곁에 머문 적이 있었는데 당시 모든 사람들이 올케를 외면해도 사촌오빠만은 따뜻이 보듬어 주어 평생 잊을 수 없었나 보았다.

*

여자의 집 앞에는 별 노랑이가 무더기로 피어 있었다. 나는 쪼그리고 앉아 별 노랑이의 꽃잎을 줄기째 잡고 가만히 흔들어 보았다. 노란 꽃봉오리가 우수수 떨어지며 사방으로 흩어졌다. '살아 있는 걸 함부로 대하면 벌 받는다.' 어머니의 낭랑한 목소리가 들려오는 것 같아 흠칫 뒤를 돌아보았다.

안개에 가려진 마을의 윤곽이 어렴풋이 눈에 들어왔다. 쓰레기를 태우는지 가느다란 연기가 마을에서 피어올랐다. 오래전 이 마을은 논과 밭이었다. 아파트에 둘러싸인 마을 한 귀퉁이에 여자가 살던 집이 보였다. 가슴이 두근두근했다. 용산 아줌마가 전해 준 기막힌 소식이 아니었다면 두 번 다시 이곳을 찾는 일은 없었을 것이다.

집은 그때와 별반 달라진 것이 없어 보였다. 넓은 마당과 퇴락한 단층 기와집, 방들이 죽 이어져 있고 방마다 부엌이 딸린 구조 그대로였다. 심호흡을 한 후 왼쪽 첫 번째 방문을 두드렸다.

"누구요?"

방 안에서 가늘고 음울한 남자의 목소리가 흘러 나왔다. 조심스레 방 문고리를 잡고 안으로 밀었다. 문은 삐거덕 소리를 내며 천천히 열렸다. 시큼하고 역한 냄새가 났다. 나도 모르게 눈살이 찌푸려졌다. 방 안엔 오래전 젊고 활기찼던 여자의 남편이 반백의 머리에 하체를 쓰지 못하고 누워 있었다. 애들은 직장에 갔는지 보이지 않았다. 힘겹게 일어나 앉아 방 밖을 바라보던 환자는 나를 알아보지 못했다.

"저, 옛날 대리모 의뢰했던….

이라고 서두를 꺼내자 환자의 눈동자가 커졌다. 멍하니 나를 바라보던 환자는 갑자기 옆에 있는 물컵을 집어던지며 소리쳤다. 너무 뜻밖의 일인 데다 그 일로 하여 자신의 가정이 파탄났다고 믿고 싶은 걸까?

"당신이 무슨 염치로 이곳에 온 거요?"

울부짖더니 서럽게 울었다. 당시 여자는 남편과 애들 남매를 데리고 단칸방에 살고 있었다. 목돈을 받아 조그만 연립이라도 마련하자는 여자의 설득에 남편이 대리모 하는 걸 허락했던 것이다. 세상 어느 남자가 자기 아내의 배 속에 다른 남자의 애를 기르게 하고 싶겠는가. 내가 겪어야 할 고통을 그들에게 떠넘긴 것 같아 가슴이 아팠다.

*

올케는 사람을 끌어당기는 마력이 있었다. 중키에 가냘픈

몸매, 시골에 산다는 것이 믿기지 않을 정도로 하얀 피부, 쌍꺼풀이 없는 얇은 눈, 입가엔 언제나 상냥한 미소가 감돌고 있었다. 오뚝한 콧날과 붉고 도톰한 입술은 그냥 바라보고만 있어도 기분이 좋아졌다. 읍내의 모든 남자들에겐 선망의 대상이었다.

시작부터 떠들썩한 올케와 오빠의 혼담은 아버지의 친구 아들과 혼담이 겹치면서 더욱 흥미를 더해갔다. 공교롭게도 어머니가 점찍어둔 수수하고 무던한 규수를 아버지가 퇴짜를 놓았는데, 하필이면 그 규수가 아버지의 친구 아들과 맺어지게 된 것이었다. 아버지와 라이벌 관계인 그 친구에게도 오빠와 동갑인 아들이 있었다. '날아가는 까마귀야 내 술 먹어라'는 철학의 아버지와는 반대로 그 친구는 별명이 '꾀돌이 좁쌀영감'이었다. 읍내 초등학교에서 교장 선생님으로 근무했는데, 소문에 그 집 식구들은 여름에도 식사를 할 때 방문을 닫아 놓고 밥을 먹는다고 했다. 어쩌다 볼일이 있어 이웃 사람이 방문(訪問)하면 먹던 음식을 슬그머니 상 아래로 내려놓는다고 했다. 어려웠던 시절 탓이기도 했겠지만 마을 사람들은 대체 교장 선생님 댁은 무얼 먹고 사는지 모르겠다며 입방아를 찧기도 했다.

그날부터 어머니는 자리에 드러누웠다. 당신이 그렇게 원했던 규수가 느티나무 아래 마을로 오게 된데다 혼인날까지 같은 날로 잡혀 걱정이 이만저만이 아니었다. 옛날부터 같은 날 한 마을에 가마가 두 채 들어오면 늦게 들어오는 가마의 임자는 반드시 요절한다는 미신 때문이었다. 하지만 아버진 거리로 보나 인부들의 체력으로 보나 우리 집이 유리하다며 어머니의 걱정을 일축했다. 새벽같이 가마를 놓아 달려오면 아무리 꾀가 많기로 소문난 '꾀돌이 좁쌀영감'이라도 어쩔 수 없을 거라며 큰소릴 쳤는데, 그만 크게 한 방 먹고 말았다. 정석대로 진행한 아버지와 달리 별명처럼 '꾀돌이 좁쌀영감'이 은밀히 신부 집에 사람을 보내 혼인 전날 신부를 태워 동구 밖에 대기시켜 놓았다가, 첫닭이 울자마자 마을 안으로 들이닥쳤던 것이다. 태어나서부터 장손인 사촌오빠 때문에 모든 것을 양보해야 했던 오빠는 장가드는 일까지 밀리고 말았다. 어이없이 가마 들이는 일이 두 번째로 밀리게 되자 어머니는 행여 아들에게 미신처럼 횡액을 당하는 일이 생길까봐 전전긍긍했다.

　삼십을 갓 넘겨 결혼한 나는 자궁에서 아기를 키워내지 못했다. 임신을 하면 두 달을 넘기지 못하고 번번이 유산이 됐다. 불임전문병원에서 알게 된 병명은 '자궁 내막증'이었다. 태아가 크면 자궁벽도 함께 커지면서 산소 공급을 해줘야 하는데 유착된 내막 벽이 크지를 못해 계류유산이 된다는 것이었다. 치료와 시험관 시술을 번갈아 하기를 십 년, 남편은 아기가 없어도 괜찮다며 나를 다독였지만 워낙 아기를 좋아하는 나는 포기할 수 없었다. 멀리 출장을 갔다가도 정자를 채취할 때면 어김없이 날아와 필요한 양만큼의 정자를 빼 주고 가는 남편의 속마음을 어머니는 남자들의 종족보전에 대한 욕구라고 했다. 어머니는 또 결혼생활이 어떻게 될지 모른다며 나에게 직장을 놓지 못하게 했다.

　한번 시술에 기백만 원씩 하는 비용도 문제지만, 직장에 다니면서 시술을 받는다는 건 고통 그 자체였다. 아침저녁으로 피를 뽑고, 호르몬 주사를 맞았다. 손가락 마디만 한 주사약 한 병이 수십만 원씩 하였고, 수입품에 건강보험이 되지 않아 한번 시술하려면 주사약 값만도 몇백만 원이었다. 지방에서 올

102

라오는 여자들은 병원 근처에 여관을 잡아 놓고 아침저녁 주사와 호르몬 수치를 점검했는데, 숙박비 또한 만만치 않았다. 동병상련이라고, 나는 함께 시술을 시작한 경북 고령에서 올라온 여자와 강원도에서 약초를 몇 년간 캐어 돈을 마련했다는 여자 둘을 집으로 데려왔다. 병원과 가까운 때문이기도 했지만 그들에게 조금이라도 도움을 주기 위해서였다.

아침저녁 아기 팔뚝만 한 주삿바늘로 피를 뽑아댄 때문인지 정신은 언제나 몽롱했고 병원에서 금지하는 보약을 먹지 않으면 버틸 재간이 없었다. 그렇게 보름간 키워진 난자는 확률을 높이기 위해 한꺼번에 여러 개를 수술로 체외로 빼냈다. 그 후 준비된 정자와 시험관에서 삼 일에서 오일 정도 배아(아기씨)로 키워져 다시 자궁에 이식한다. 그러기를 수십 차례 했다. 시술을 할 때마다 마취를 했다. 마취 한 번 할 때마다 생명이 하루씩 단축된다고 병원 여자들은 말했다. 자신의 생명을 단축해가면서까지 시술을 감행하는 그녀들 사이에 내가 함께 있었다. 절망과 희망을 넘나들며 함께 지낸 한 달 후의 결과는 세 여자 모두 참담했다. 실패였다. 지금은 불임치료도 건강보험이 되고 정부에서 몇백만 원씩의 보조금이 나오는 세상이 됐지만, 예전엔 그런 혜택은 꿈도 꿀 수 없었다. 두 번째 아이까지

만 건강보험 및 모든 혜택이 적용되던 요즘은 상상조차 할 수
없는 시절이었다.

1퍼센트의 가능성을 믿고 자궁에 사람 씨를 심는 행위는 나
에게 짐승이 된 것 같은 느낌을 갖게 만들었다. 시술에 지쳐 이
혼을 결심했을 때 여자를 소개받았다. 소개를 한 용산 아줌마
는 그들 부부야말로 나를 위해 하늘에서 내려온 '삼신할미'라
고 했다. 성실하고 정직해 뒤탈이 없을 거라며 나를 설득했다.

*

혼담이 오가던 시점부터 가마 들이는 일까지, 모든 것이 마
을의 뉴스 거리였던 오빠의 결혼생활은 은밀한 불안을 감추고
평온을 되찾는 듯했다. 오빠를 비롯하여 아버지는 마음에 든
며느리를 얻은 기쁨에 연신 싱글벙글했다. 가마 문제는 까맣게
잊어버렸나 보았다. 난 여전히 올케 뒤를 졸졸 따라다니며 즐
거워했다. 올케가 오고 곧 어린이날이 되었다. 학교에서 어린
이날을 맞아 표어를 모집했다. 얼떨결에 내가 특상을 받았다.
최초의 표절이랄까, 내가 쓴 두 편 모두 올케와 의논을 했던 것
으로 '자라나는 어린이는 나라의 기둥'이라고 한 것을 올케가,

104

"애기씨야, '기둥'보다는 '반석'이 안 좋겠나?"

하여 기둥을 반석으로 바꾸었는데, 그것이 특선이 됐던 것이다. 내가 선택한 기둥보다 올케의 표현인 반석으로 상을 탔기 때문이었을까? 그건 지금까지도 마음 한구석 찝찝하게 남아 있는 부끄러운 기억이 되었다. 그걸 계기로 글쓰기에 자신을 얻은 나는 5학년 때, 군 전체 초등학생을 대상으로 열리는 글짓기 대회에 참가했다. 대회장은 읍내 고등학교였다. 6학년 선배들과 인솔자 선생님을 따라 시외버스를 타고 읍내로 갔다. 얼떨결에 산문부 장원을 했다. 5월에 맞추어 제목은 '보리'였다. 나는 그 글에 들판이 온통 푸른 바다가 넘실대는 것 같은 보리밭 이랑과 아침 인사로 외쳐왔던 '재건'이라는 단어를 떠올려 끝부분을 '보리로 재건합시다'로 마무리를 했다. 당시 새마을 운동의 일환으로 식량 자급자족을 외치던 때라 그것이 심사위원들의 마음을 움직였는지도 모른다. 상장과 상품을 받은 후 돌려받은 원고지 끝에 '보리로 재건합시다'란 문구에 빨간색연필로 굵은 줄이 길게 쳐져있는 걸 보았다. 인솔자 선생님은 무척 좋아했다. 물론 올케가 제일 좋아했다.

오빠의 결혼식 후 1년이 지났다. 꿈같은 신혼이 지나고 드디어 첫째 조카가 태어났다. 그동안 뒷돈으로 입대를 기피해

온 오빠가 어쩔 수 없이 입대를 하게 되었다. '병역미필자 일제
점검'으로 더 이상 버틸 수 없게 된 것이다. 그러잖아도 올케의
미모가 불안했던 엄마는 올케의 방을 엄마의 큰방을 거쳐야만
갈 수 있는 뒷방으로 옮기게 했다. 정미소 일꾼들과의 접촉을
차단한 거였다. 본채를 둘러싼 담벼락을 기준으로 넓은 마당을
지나 담 밖에 정미소가 있었다. 식사 때면 일꾼들은 정미소에
딸린 크고 기다란 방에서 식사를 했고, 안채엔 들어올 일이 거
의 없었다. 사랑엔 언제나 방아를 찧으려고 온 사람들이 묵고
있었다. 교통이 불편하던 시절, 추수를 한 후 탈곡을 하려면 소
달구지에 가득 곡식을 싣고, 몇 날 몇 밤을 보내며 정미소에서
제공하는 밥을 먹고 탈곡을 해야 했다. 농사가 수입의 전부였
던 시절이기도 했다. 가족의 일 년치 양식과 멀리 유학(시골에
서 더 큰 도시)을 보낸 자식들의 학비를 마련하려면 당시 돈이
되는 건 곡식과 가축뿐이었다. 여름 보리걷이와 가을 나락걷이
때면, 우리 집 정미소 넓은 마당엔 마을 곳곳에서 싣고 온 소달
구지들로 흡사 우시장 같았다. '음매', '음매' 울음소리가 끊이
지 않았다. 짐수레를 끌고 온 어미 소를 따라온 송아지들이 질
러대는 소리였다.

'대리모'는 당시 불임여성들이 마지막으로 가져보는 희망이었다.

"애들은 어디 갔어요?"

환자에게 내가 묻자 아들은 고등학교만 겨우 나와 지방에서 공장에 다니고 딸은 근처 미용실에서 기술을 배운다고 했다. 작은 체구에 유난히 손이 컸던 환자의 아내는 손재주가 좋았다. 착상에 성공해 여자의 자궁에서 우리 아기들이 자라고 있을 때 나는 틈만 나면 여자에게로 달려갔다. 그때마다 여자는 만두 수십 개를 뚝딱 빚어 허기진 나에게 끓여 주었다. 나는 여자가 좋았다. 어린 나이에도 절제할 줄 알고 욕심을 부리며 과도한 요구를 하지 않았다. 세상에서 남편과 나만 아는 곳, 우리 아기들이 자라고 있는 그곳을 남편과 나는 틈만 나면 달려갔다. 우리는 그들 부부와 가족처럼 지냈다. 7개월 정도 됐을 때였다. 다급한 전화를 받고 달려간 나에게 여자가 말했다.

"아무래도 이상이 생긴 것 같으니 빨리 병원으로 가요."

급히 119를 불러 가까운 병원으로 갔다. 조산이었다. 1.7킬로그램의 미숙아로 태어난 아기들은 곧바로 인큐베이터에 들어갔다. 산소 호흡기가 부착됐고 손가락만 한 발목엔 그만한 크기의 주삿바늘이 꽂혔다. 숨을 할딱이며 생명줄을 이어가는 아기들을 바라보며, 그제야 나는 내가 얼마나 무모한 욕심을 부렸고 순리를 거슬렀는지를 깨달았다. 가슴을 도려내는 죄책감이 밀려왔다. 과학의 발전이 인간의 욕망을 충족시켰을 때 그것이 마냥 좋은 것만은 아니라는 생각도 들었다. 안경집만 한 크기에 검고 가는 털로 뒤덮인 아기들은 두 달이 지나고 400그램이 늘어났다. 겨우 사람 꼴을 갖춰갔다. 나는 매일 병원으로 출근해 아기들이 있는 신생아실 창 앞에 붙어 서서 아기들이 꼼지락거리는 걸 지켜봤다.

두 달 후 2.2킬로그램의 주먹만 한 크기의 아기들을 퇴원시켰다. 더 있기를 원하는 내게 의사는 그 정도면 괜찮다고 했다. 동생이 운전하는 차를 타고 남편과 각자 한 명씩을 안고 집으로 향했다. 드디어 긴 터널에서 벗어났다는 안도감과 어렵고 힘든 일을 견뎌준 남편이 고맙게 느껴졌다. 매번 이혼을 종용하는 나를 달래며 기다려 준 사람이었다. 난자가 성숙되면 외국 출장 중이라도 비행기를 타고 와 손으로 정자를 빼 주고 가곤 했다.

언젠가 남편이 술에 취해 말했다. 병원 복도를 지나 정자 채

취실로 갈 때면, 복도에 대기하고 있는 여자들 앞을 지나갈 수가 없겠더라고 했다. 공연히 자신이 모자란 사람 취급을 당하는 것 같아 모멸감을 느끼기도 했지만, 힘들게 피를 뽑아대는 나에 비하면 아무것도 아니란 생각으로 버티어 왔다고.

아기를 낳고 계약 조건을 모두 이행했을 때, 저 멀리 미국에서 세상을 떠들썩하게 한 재판이 진행되고 있었다. 대리모를 통해 아기를 낳으려 한 부부와 대리모와의 법정 다툼이었다. 열 달 동안 자신의 배 속에서 키운 아기와의 교감을 이유로, 대리모가 아기를 내어주지 않으려 했던 것이다.

정신이 번쩍 든 나는 불안한 목소리로 남편에게 물었다.

"괜찮을까?"

남편도 같은 생각이었다. 여자와 연락을 끊고 흔적 지우기에 나섰다. 다니던 직장을 그만뒀고 이사를 했다. 만약의 경우를 대비해 의료기 상회에서 맞춘 가짜 배로 다달이 배를 불렸던 게 그나마 위안이 되었다. 때맞춰 임신복을 바꿔 입었고 사진도 찍어 놓았다.

*

　오빠가 입대를 하고 6개월 정도 지난 때였다. 아무리 대문
이 있고 안채에 가둬 놓는다고 해도 '열 사람이 도둑 한 사람을
못 지킨다'는 말이 있듯이 결국 올케가 일을 내고 말았다.

　어느 날 학교에서 돌아와 보니 올케가 곡괭이로 본채에 붙
은 뒷방 벽을 부수고 있었다. 아버지는 거의 매일을 읍내에 출
타 중이었고 어머니는 장에 간 후였다. 나는 깜짝 놀라

　"형님아, 벽은 와 부수노?"

　하고 물었지만 올케는 들은 척도 하지 않았다. 어머니가 정
해준 올케의 방은 안채의 큰방을 거쳐야만 갈 수 있는 겹집이
었는데, 그건 어머니가 올케의 들고 남을 밤에도 감시하겠다는
뜻이었다. 나는 올케가 무서웠다. 그렇게 상냥하고 친절하던
올케가 오빠가 입대를 한 지 6개월이 겨우 지나자, 어머니에게
반기를 들고 쪽문에서 바로 들어가는 비워 둔 뒷방 벽을 부수
다니. 올케는 비워 둔 뒷방 벽을 헐어 아궁이를 만들고 있었다.
그 방은 쪽문을 통해 정미소와 바로 연결이 되는 방이지만 직
접 불을 넣는 아궁이가 없어 추웠다.

　정미소엔 세 명의 일꾼과 기술자가 있었다. 어머니는 그중

110

특히 박 기사를 싫어했다. 같은 마을에 사는 세 명의 인부는 어릴 때부터 됨됨이를 알고 있었지만, 읍내에서 온 박 기사는 달랐다. 생김새도 말쑥한 데다 기술자라 기계에 고장이 나지 않으면 항상 시간이 넉넉했고, 정미소에 딸린 방에서 생활했다. 어릴 때부터 사촌오빠에 밀려 뭐든지 양보만 하는 순둥이 오빠와 달리, 일찍 객지에서 고생하며 기술을 익힌 박 기사는 눈치가 빨랐다. 어머니는 아들이 있을 때는 물론이고 입대를 한 뒤에도 인부들은 안채에 발을 들여놓지 못하게 했다. 식사를 할 때는 항상 바깥채에서 해결하도록 했고, 어쩌다 안채에 물을 빙자해 들어오는 인부가 있으면 호되게 나무랐다. 일생을 아버지의 바람기 때문에 마음고생을 한 어머니의 철학은 '남녀는 가까이 두면 반드시 사달이 난다'는 것이었다. 그렇잖아도 미인을 경원시했던 어머니로선 당연한 일이었는지도 모른다. 나는 가슴이 콩닥콩닥 뛰었다. 외출에서 돌아온 어머니는 어안이 벙벙한 듯 말문을 잃었다.

그 후 올케는 대문이 있는 큰방을 거치지 않고 쪽문으로 바로 들어가는 방에서 갓 태어난 조카와 기거했다. 그건 바로 어머니의 감시를 벗어나 자유롭게 정미소로 왕래하겠다는 선전 포고였다. 그땐 그저 어머니의 간섭이 싫어서 그랬나 보다 했다. 그로부터 딱 1년 만에 둘째 조카가 태어났다. 어머니는 오빠의 휴가 날짜를 되짚어 보더니, 자신의 계산대로라면 둘째 조카는 태어날 수 없다고 했다. 군 복무 중 1년에 한 번 오는 휴가도 그렇지만 어째서 조카가 태어났는지 아무것도 몰랐던 나는 그런 어머니를 이해할 수 없었다. 어머니에게서 들은 이야기를 올케에게 일러바치기도 했고, 가족회의에서 박 기사를 내보내겠다는 내용을 올케에게 전해 주기도 했다. 지금도 간혹 생각나는 것으로 학교에서 돌아오면 아무도 없는 집에 올케가 박 기사에게 새참을 가져다주며, 함께 환하게 웃던 모습이었다. 또 한 달에 한 번 박 기사가 백 리나 떨어진 자기 집에 갈 때면 올케는 터무니없이 짜증을 냈는데, 나는 그런 올케가 이상하게 보이기도 했다.

새로운 기술자 구하는 것이 차차 미뤄졌다. 소읍에서 그만한 실력을 갖춘 사람도 드물었지만, 대도시에선 아예 지방으로 오려고 하지 않았기 때문이었다. 나는 올케와 박 기사가 유난히 친하다는 생각만 했을 뿐 일꾼들과 함께 기거하는 박 기사가 올케 방에 드나드는 건 생각조차 할 수 없는 일이라고 여겼다. 그렇다면 올케는 무엇 때문에 시어머니가 정해 준 거처를 마음대로 바꾸고, 힘든 작업을 감행해가며 쪽문을 통한 뒷방을 택했을까? 어머니의 터무니없는 오해에 일부러 반항하려 한 것인지도 모른다는 생각도 했다.

오빠는 군대에서도 나약한 모습 그대로였다. 부산에 있는 수송부대였는데, 한 달에 한 번 자동차 부품 값이 필요하다며 송금을 요구해 왔다. 자신이 관리하는 차의 부품을 밤사이 누가 빼갔다는 것이다. 검열에 걸리면 기합을 받는 것은 물론 영창에 간다고 으름장을 놓았다. 어머니는 군대까지 간 놈이 자기 관리도 못 한다는 아버지의 지청구를 피해, 읍내에 있는 쌀집에 연락해 정미소에서 쌀 몇 가마니에 해당하는 돈을 마련해 번번이 보내주곤 했다. 어머니는 또 태어나면서부터 사촌오빠의 그늘에 가려 늘 양보만 하고 살았기 때문에 군대에서도 제 몫을 찾지 못하는 거라며 할아버지를 원망했다.

50년이 훨씬 지나 백발이 되어 내 앞에 앉아 있는 나의 올케.

"형님이 우째 이렇게 되었노? 그간 살기는 얼매나 힘들었을꼬?"

묻는 내게, 올케는

"애기씨도 마이 늙었네. 내사마 마음이 시키는 대로 안 살았나."

덤덤하게 말했다.

*

늦은 나이에 두 아이 키우느라 정신없이 세월이 흘러갔다. 나는 여자가 자기의 소망대로 집을 사서 애들과 함께 행복하게 살고 있을 줄 알았다. 시간이 흐르면서 여자에 대한 기억도 서서히 지워졌다. 지난해 겨울 엄마를 모시고 동생과 경기도에 있는 숯불 가마에 갔다. 토굴에서 땀을 빼고 휴게실로 나와 가지고 간 고구마를 숯불에 구우려는데, 용산 아줌마와 딱 마주쳤다. 내가 연락을 끊고 나서 얼마 후, 여자의 남편이 다니던 회사에서 사고를 당해 불구가 됐고, 여자는 자신의 어린 남매를 두고 받은 돈을 몽땅 갖고 집을 나갔다고 했다. 놀란 나는 호일에 싸인 고구마 대신 들고 있던 타월을 불구덩이에 던져 넣었다.

뜬눈으로 몇 밤을 보냈다. 함께 배를 나눈 우리 아이들을 생각하니 그냥 있을 수가 없었다. 아무런 대책도 없이 여자의 집까지 갔다. 어떻게 해야 마음의 짐을 덜 수 있을까? 그때 문득 떠오르는 한 가지 생각을 떨쳐보려 나는 세차게 고개를 흔들었다. 먼 옛날 지옥 같았던 시술로 난자를 채취할 때였다. 마취가 겨우 풀린 어렴풋한 의식 속에서 의사에게 내가 물었다.

"이번엔 난자가 몇 개예요?"

순간 의사는 당황한 표정을 애써 수습하며 말했다.

"세 개입니다."

자신 없는 목소리였다. 아이들은 커 가면서 여자를 닮아갔다. 키가 큰 아들은 아빠를 닮았지만 딸아이는 완전 다른 얼굴이었다. 크고 예쁘장한 얼굴에 비해 유난히 굵은 종아리는 딸의 고민 1호가 됐다. 매번 자기의 종아리는 엄마를 닮지 않았다며 투덜댔다. 공부하는 걸 싫어하던 딸은 빼어난 실기 덕분으로 미술대학에 거뜬히 입학했다. 딸은 어릴 때부터 무얼 만드는 걸 좋아했다. 수제비를 만들기 위해 밀가루 반죽을 하는 내 옆에서 조물락 조물락 금방 새도 만들고 개구리도 만들었다. 유치원에서 그림을 그리면 반드시 원장 선생님이 집으로 전화를 했다.

"애가 그림을 정말 잘 그려요, 손재주가 어쩜 그렇게 좋은지 만들기 시간엔 친구들 것도 금방 똑같이 만들어주곤 해요."

신기했다. 난 손재주가 없어 그림도 음식 만들기도 젬병인데…. 딸은 자신의 소망대로 현재 해외에서 자신의 꿈을 키우고 있다.

여자는 어디서 무얼 하고 있을까?

나는 황급히 환자의 방에서 뛰쳐나와 구름 한 점 없는 하늘을 올려다보며 긴 한숨을 내쉬었다.

*

오빠는 제대하고 몇 년 후 정미소에서 사고로 죽었다. 돌아가는 벨트에 옷깃이 감겨 통째로 몇 바퀴를 돌았다. 비명을 듣고 달려간 박 기사가 작동을 멈췄지만 이미 오빠의 사지 육신은 만신창이가 되어 있었다.

길지 않은 오빠의 삶, 점쟁이 말대로라면 오빠는 올케와 인연을 맺지 말았어야 했다. 곡절 많은 '미인 박복'의 올케 때문인지, 오빠의 부주의 때문인지, 어머니는 박 기사를 의심했다. 그 후 올케는 우리 집에서 형체가 없는 그림자로 왕따가 되었다. 오빠가 죽고 1년 만에 아버지마저 심장마비로 돌아가시자 정미소는 완전히 문을 닫았다. 사촌오빠가 올케와 조카들을 큰집 옆으로 옮겨 주었고, 모든 일을 어머니와 의논해 처리했다. 정미소와 주유소를 헐값에 팔아넘긴 후 우린 어머니를 모시고 고향을 떠났다. 물론 어머니는 올케를 보지 않으려 했다. 혼담이 오고 갈 때 어머니는 사주를 보러 유명하다는 점쟁이를 찾아갔다고 했다. 올케의 사주를 본 점쟁이가 '외모는 경국지색인데 색이 세서 서방 잡아먹을 팔자'라며 고개를 저었다고 한다. 몇 년 사이에 우리 집은 말 그대로 쑥대밭이 되었다.

엎친 데 덮친 격으로 사촌오빠가 데려간 올케는 1년도 채 못버티고 오빠가 제대 후 낳은 어린 조카를 포함, 삼 형제를 남긴채 사라졌다. 어머니는 '내 그럴 줄 알았지, 남자 없이 지가 얼마나 버티나 보자'라고 하며 이미 알고 있기라도 한 듯 덤덤하게 조카들을 데리고 왔다.

그때 올케 나이 스물여덟이었다. 요즘 같으면 천방지축 아무것도 모를 아가씨로 부모 밑에서 보호를 받고 있을 나이에, 올케는 다른 사람들이 평생을 살다 갈 일을 한꺼번에 살아버린 것이다. 명석한 두뇌에 미모까지 겸한 나의 천사 올케, 그녀는 그 뒤 우리 집과 인연을 끊었다.

올케가 집을 나가고 육 년이 흘렀다. 어느 날 학교에서 돌아온 큰조카가 내게 귓속말로 얘기했다.

"고모 오늘 학교에서 엄마를 만났어, 할머니께는 말하지 말아 줘."

부탁했다. 우리 집에선 올케에 관한 이야기는 금기였다. 가족회의가 열렸다. 여자가 집을 나간 것도 사건이었지만, 어린 것들을 남겨 두고 나간 올케를 다시 받아들인다는 건 그 당시 상상조차 할 수 없는 일이었다. 단연 배척되었다. 어머니의 완강한 반대를 무마하고 올케를 아이들에게 돌려주자는 의견을 낸 건 또 사촌오빠였다. 부모 없이 자랐던 외로움을 너무나 잘 아는 사촌오빠는 아버지가 없는 애들이 엄마마저 없다면 너무 불쌍하지 않으냐, 다행히 돌아왔으니 받아들이자는 것이었다. 다시 집을 마련해 주고 조카들을 딸려 보냈다.

몇 달이 흐른 뒤 조카들의 생활이 궁금해진 나는 올케가 사는 마을로 향했다. 올케가 사는 집 골목에 이제 막 초등학교에 들어간 조카가 길바닥에서 흙장난을 하고 있었다.

"민철아, 왜 집 안에 있지 않고 밖에 나와 있니? 빨리 들어가자."

조카의 손목을 잡아끌었다. 순간 얼굴 가득 눈물을 머금은 조카가 황급히 내 손을 뿌리치며 막아섰다.

"엄마 손님이 오셨어."

나는 무작정 조카의 손목을 잡고 대문 안으로 들어갔다. 올

케의 방 앞엔 낯선 남자의 구두가 얌전히 놓여 있었다. 방 안에
선 거친 남녀의 숨소리가 방 밖까지 새어 나왔다. 조카를 끌고
밖으로 뛰쳐나왔다. 어린것이 언제부터 이런 상황을 보고, 듣
고, 느끼며 살아왔을까를 생각하니 눈물이 났다. 매번 엄마의
손님이 올 때마다 골목으로 쫓겨나와 엄마의 정사가 끝나기를
기다려 온 아이, 그 구두가 박 기사의 구두였을까? 태어날 때부
터 출생 문제로 혹독한 시련을 겪은 조카는 머리가 좋아 K 대
학을 나와 사법고시에 합격했다. 연수 중 돌연 진로를 바꿔 다
시 D 대학 불교학과를 거쳐 스님이 되었다. 몇 년 전 돌아가신
큰스님의 몇 번째 상좌라고 했다. 서울 조계사에 큰일이 있을
땐 꼭 올라온다고 했다. 어머니는 우리 몰래 합천엘 자주 가는
듯했다. 그렇다면 어머니가 찾아갔다는 그 점쟁이는 정말 사람
을 잘 본 것인지도 모르겠다. 영리하고 예쁜 얼굴 밑에 숨겨진
꺼질 줄 모르는 욕정을 지닌 여자가, 정해진 남자 없이 그 긴
세월을 어떻게 견뎠을까?

올케의 남자들은 한번 만나면 누구든 빠져나오지 못하는 듯
했다. 어머니는 손자들의 일로 가끔 올케네 집에 들렀는데, 올
케의 얼굴에 있는 부기가 매번 유산을 시켰기 때문이라고 단정
했다. 남자와 마주 보며 웃고만 있어도 임신이 되는 여자인 며

느리와, 과학의 힘을 빌리지 않고는 생산을 하지 못하는 여자인 딸을 바라보는 어머니의 심정은 어땠을까? 혹여 어머닌 자신이 며느리를 너무 구박해 '삼신할미'가 노하신 거라고 생각한 것은 아니었을까?

오늘도 어머니는 하루 세 번 두 시간씩, 어김없이 한 바구니의 염주 알을 굴리며 기도를 한다. 긴 세월을 넘어 한낱 백발의 초라한 할머니가 되어 내 앞에 앉아 있는 올케는 지금 대전에서 여동생과 살고 있다고 했다. 사촌오빠의 장례식에 온 것은 그 시절 유일하게 자신을 믿어주었던 고마움을 잊지 못했나 보았다. 어머니는 현재 98세로 귀가 약간 안 들리는 것 외엔 정정하다.

사촌오빠의 장례식은 많은 사람의 애도 속에 무사히 끝났다.

저수지 가는 길

이른 새벽 영란은 우산을 받쳐 들고 집을 나섰다. 가는 빗줄기는 떨어지는 소리조차 내지 못하고 우산 위에서 스러져 갔다. 저수지 방향 2차선 도로에는 먹이를 찾아 떠나는 새들처럼 자동차 몇 대가 빠르게 영란의 옆을 질주했다. 간혹 짐을 실은 트럭이 지나가기도 했다. 영란은 위태롭게 좁은 도로 한편으로 비켜서면서 저수지를 향해 계속 발걸음을 옮겼다. 멀리 보이는 저수지 둑 위로 우윳빛 안개가 자욱하게 피어올랐다. 아침 해가 막 떠오르기 전의 시골 풍경은 고즈넉하다 못해 쓸쓸했다. 농부들도 아직 기척이 없었다. 우산 사이로 가늘게 떨어지는 빗줄기를 바라보며 영란은 주의를 휘 둘러보았다.

문득 영란의 시선이 오른쪽 붉은 기와집에 머물렀다. 놀랍게도 그곳에 사람이 있었다. 멈춰 서서 자세히 바라보았다. 희뿌연 안개 사이로 젊은 여자가 머그잔을 손에 든 채 현관 앞에 쪼그려 앉아 있는 것이 보였다. 반팔 티에 반바지를 입고 아침 안개를 바라보며 커피를 마시고 있는 여자. 고된 노동 탓인가. 머리는 헝클어져 손질이 필요해 보였고, 쪼그려 앉은 다리 사이론 피로가 흘러넘쳤다.

여자를 뒤로하고 영란은 간간이 달려오는 자동차의 헤드라이트 빛을 등으로 받으며 계속 저수지를 향해 걸었다. 얼마나 걸었을까. 왼쪽 도로 옆 넓은 밭에 학교 운동장 반 정도 크기의 축사가 두 동 보였다. 축사엔 수십 마리의 소들이 간밤에 먹다 남은 짚 부스러기를 입에 물고 우걱우걱 턱을 움직여 씹고 있었다. 부지런하기도 하지. 어미 소들의 가지런한 다리 사이로 반짝 송아지 한 마리가 요리조리 장난을 치며 넘나들고 있었다. '저러다 어미 소들의 발에 밟히면 어쩌지.' 조마조마한 영란의 걱정과는 달리 송아지는 어미 소들의 다리 사이를 요령 좋게 잘도 빠져 다녔다. 축사엔 사람이 없는 대신 커다란 개 한 마리가 소들을 지키고 있었다. 개는 영란이 소들 가까이 접근해도 움직이지 않았다. 그냥 큰 몸집을 바닥에 누이고 멀뚱멀뚱 쳐다보기만 했다. 대신 축사 입구 천장에 매달려 있는

CCTV가 사발만 한 눈동자를 굴리며 소들을 지키고 있었다.

소들은 핸드폰을 들이대며 사진을 찍어도 그 커다란 눈망울만 꿈벅꿈벅 굴렸다. 무구한 소의 모습은 언제나 영란을 화나게 했다. 영란은 소를 보면 공연히 안쓰러워 그냥 지나치지 못했다. 영란이 좋아하는 소의 모습은 순하디 순한 얼굴보다 눈에 쌍심지를 돋우고 혼신의 힘을 기울여 상대를 넘어뜨리려 뿔을 휘두르는 싸움소의 모습이었다. 매번 소싸움을 볼 때마다 사진을 찍어 보관했다. 그 사진을 보고 있노라면 소의 억울한 일생이 조금이나마 위안이 되었다.

축사를 지나 50m 거리에는 오이를 기르는 비닐하우스가 보였다. 작년 여름에 왔을 때는 꼭두새벽인데도 언제 땄는지 모를 오이를 한가득 트럭에 싣고 막 시장으로 향하는 부부를 보았는데, 올해는 계속되는 가뭄으로 잎이 누렇게 말라버려 오이를 수확할 수 없게 되었다. 마지막 줄기에 말라버린 잎 사이로 꼬부라진 오이 몇 개가 대롱대롱 매달려 있을 뿐이었다. 수분이 부족해 곧게 자라지 못한 모양이었다. 저수지에 물이 바닥나 발동기로도 퍼 올릴 수 없었노라던 옆 밭 주인의 푸념에 걱정이 되더니, 다행히 며칠 전 큰비가 내려 모내기는 무사히 했다는 말에 안심이 되었다. 영란의 집 마당 잔디도 동그랗게 잎이 말려 있었다. 밟으면 바삭바삭 부서져 발걸음조차 내딛기 민망했는데 지금은 파랗게 되살아났다.

작년 겨울, 눈이 내려 세상이 온통 하얗게 뒤덮였을 때 길 오른쪽 기와집 마당에 박혀있던 외로운 발자국 하나, 오늘은 기척이 없었다. 집을 지을 때는 많은 식구가 항상 북적댈 거라 생각했는지 기와집은 엄청나게 컸다. 산밑 푸른색 기와집 앞에는 언젠가 본 귀여운 빨간색 모닝이 주차되어 있었다. 지난 일요일 동생과 집 앞 버스정류장에서 차를 기다릴 때 태워준 차였다.

*

아이들이 태어나기 전이었다. 영란이 와이셔츠를 빨려고 주머니를 뒤집는데 작은 메모가 나왔다. 남자의 필적으로 급히 흘려 쓴 메모지엔 전화번호가 적혀 있었다. '356-3655 상직이 엄마' 남자는 그즈음 매번 바쁘다는 핑계로 밤늦게 귀가했다. 쉬는 날에도 어김없이 회사에 간다며 집을 나섰다. 이참에 덜미를 잡아 결혼생활을 끝내리라, 잘못된 만남은 쉽게 바로 잡지 못한다는 생각이 머리를 들었다. 어차피 아이도 없지 않은

가. 아버지의 외도로 일생을 힘겹게 살아온 어머니를 보아온 영란이었다. 차라리 혼자 사는 편이 나을 듯했다. 다행히 직장도 있고 걸릴 게 없었다.

이튿날 회사에 출근한 뒤 곧바로 전화번호에 대한 수배에 들어갔다. 영란의 직감은 적중했다. 주소는 홍은동 빌라. 가족 관계엔 남편도 있었다. 당시엔 개인정보에 대한 규제가 심하지 않을 때였다. 그러잖아도 남편과 거의 남남처럼 지내던 터에 잘됐다 싶었다. 등본을 건네주며 심부름센터 직원이 말했다.

"돈 꽤 뜯겼겠는데요."

퇴근해 곧바로 그 주소로 찾아갔다. 가파른 골목 꼭대기쯤에 조그맣게 지어진 빌라가 보였다. 다닥다닥 붙은 호실을 확인하고 문을 두드렸다. 남자의 고향 말씨를 쓰는 거구의 여자는 단번에 영란을 알아보고 흠칫 놀랐다. 얼떨결에 방으로 영란을 인도한 여자가 중심을 잡지 못하고 허둥대더니 손바닥만한 주방으로 향했다. 영란은 오히려 차분해졌다. 새삼스레 옹색한 방 안을 둘러보았다. 두 사람이 누우면 차버릴 정도의 좁은 방은 가구 하나 보이지 않았다. 흔히 단독을 헐어 여러 가구를 만들어 팔던 빌라 형태의 집이었다. 상직이라는 이름의 아이는 보이지 않았다. 커피를 들고 온 여자의 손이 눈에 보일 정도로 떨렸다. 여자에게 물었다.

"바람병원에 다니는 풍 씨를 아시죠?"

여자는 처음 모른다고 잡아뗐다.

"그래요? 그럼 아주머니 남편과 아는 사인가 보죠? 아주머니 남편에게 전화할게요."

전화기를 드는 순간 여자의 손이 영란을 잡았다.

"제발 남편에게는 말하지 말아 주세요."

애원했다.

"그럼 모르는 사람인 내 남편의 주머니에서 어째서 당신 전화번호가 나오죠?"

여자는 한참 고개를 숙이고 있더니 모기만 한 소리로 대답했다.

"이혼한 친구가 있는데 시내에서 술집을 해요. 그 친구 따라서 한 두어 번 만났을 뿐이에요."

매일 밤늦게 귀가하는 남자를 아무런 의심 없이 맞아들인 내가 잘못이었나. 그렇담 결혼 초부터 이 여자랑 관계를? 아니 결혼 전부터 이어진 건지도 모를 일이었다.

집으로 돌아온 영란은 옷장 문을 열었다. 고가의 남자 양복이 옷장 가득 걸려 있었다. 남자는 유달리 옷 입는 데 신경을 썼다. 무슨 패션모델 같았다. 주방에서 고기 자르는 가위를 가져왔다. 옷장에서 꺼낸 양복을 산더미처럼 쌓았다. 남자의 그것을 자르듯 싹둑, 싹둑, 한 벌씩 팔을 잘랐다.

그 일이 있고 난 후 영란은 남자와 한방에서 잠을 자지 않았다. 원래가 그 방면엔 관심이 없던 터라 오히려 편안함을 느꼈다. 남자도 별 아쉬움이 없는 듯 추근대며 요구하지 않아 그냥 담백한 사람이려니 안심했다. 가끔 핸드폰에 낯선 전화가 걸려오긴 했지만 아무런 의심도 하지 않았다. 어느 날 영란이 문자 하나를 발견했다. 남자가 잠시 밖으로 나간 사이였다.

'띠릉' 메시지 음이 유난히 귀에 거슬려 핸드폰을 열어봤다.

"어젯밤은 즐거웠어요. 옵빠!"

하트가 뿅뿅, 오빠라니. 남자에게 오빠라 부르는 동생이 있었나. 방으로 들어온 남자에게 화면을 열어 문자를 보여줬다. 남자의 태도가 평소보다 달랐다. 느닷없이 화를 냈다.

"남의 문자는 왜 보고 그래?"

오히려 소릴 질렀다. 도둑이 제 발 저린다더니…. 그리고 보니 남자의 태도가 이상하긴 했다. 며칠째 아무런 해명 없이 밤 늦게 귀가해선 자신의 방으로 들어간 남자였다. 더욱 지난 일요일 등산복을 세탁하느라 주머니를 뒤집는데 작은 상자를 발견했다. 콘돔이었다. 남자는 평소 화장실에 가서도 뚜껑을 휴지로 닦는 결벽증인데 콘돔이라니. 어이가 없어 아예 무시했는데,

"어젯밤 즐거웠다."

여자의 문자가 온 것이다. 영란이 묻기조차 불쾌해 아예 입을 다물었다. 지난 세월 영란을 속이고 이중생활을 한 사람이라고 생각하니 소름이 끼쳤다. 이후 어쩌다 몸에 살이 닿기만 해도 자지러졌다. 세상 온갖 깨끗한 척은 혼자 다 하더니 밖에서 여자를 산 모양이었다.

*

영란은 소를 보면 매번 자신의 전생이 궁금해졌다. 혹시 소가 아니었을까. 소띠 해에 태어난 것은 차치하고라도, 지나온 세월이 결코 편안한 삶은 아니었다는 생각이 들었다. 소처럼 평생을 뭔가 일을 해야만 마음이 편안해졌고, 어떤 종류건 항상 근심과 걱정을 안고 살았다. 정해진 운명처럼 소는 주인이 시키는 대로 밭을 갈고, 짐을 나르고, 그러다 죽을 땐 자신의 몸 전체를 내어준다. 살도 모자라 가죽에 뼈까지 고스란히 자

신을 부리던 인간에게 주고 가는 업보라니.

영란은 소고기를 애써 먹지 않았다. 시골에서 자주 보는 소의 고된 노동을 보아왔기 때문이었다. 영란이 어릴 때는 지금처럼 농사를 기계에 의존하지 않고 소에 의존했다. 밭갈이에서부터, 모내기할 때 물이 가득 찬 논을 갈아엎는 일, 가을걷이를 위해 짐을 나르는 일 등, 그땐 그래도 소가 사람과 똑같은 식구 대접을 받았다. 힘들게 일을 하면 푸짐한 소죽에 콩깍지는 덤이었다. 여름이면 파랗게 돋아나는 풀과 콩깍지로 삶은 소죽을 끓여주었다. 골목마다 소죽이 끓는 냄새는 구수했다. 지금은 사료에 항생제를 넣어 병이 들지 않게 살만 찌운다고 들었다.

저수지에는 올여름 지독한 가뭄으로 녹조가 파랗게 끼어 물밑이 보이지 않았다. 며칠 전 쏟아진 폭우로 물은 갈라진 바닥을 메우고 차올라 수문 반쯤 올라와 있었다. 물 한복판에 있는 깊이를 가늠하는 막대 위에 새 한 마리가 앉아 있었다. 새는 그림처럼 한가롭게 막대에 앉아 고여 있는 물 위에 내려앉은 녹조를 바라보다가 언뜻 사람의 기척을 느꼈는지 휙 날아 산을 향해 날아갔다. 저수지 반대편 입구에는 쓸려 내려온 모래로 언제부턴가 모래밭이 생겼다. 제법 넓은 면적의 밭에는 비닐하우스가 몇 동 있었다. 부지런한 사람인 듯 아무도 움직이지

130

않는 꼭두새벽 일하며 틀어놓은 라디오에서는 오래전 유행가가 흘러나왔다. 둑을 따라 간밤에 활짝 피었을 달맞이꽃이 노란 꽃망울을 달고 손가락처럼 비죽이 하늘을 향해 뻗어 있었다. 지난여름 지인의 전원주택에 갔을 때 빈 땅에 끝도 없이 피어 있던 꽃이었다. 이름처럼 달이 뜨는 밤에 잠깐 피었다가 아침이면 꽃잎을 오므린다는 꽃. 함께 간 여자 셋이 비닐에 거의 5㎏ 정도 꽃잎을 땄다. 그녀들은 몸이 약한 영란에게 달맞이꽃 술을 담가 조금씩 먹으라며 돌아줬다.

영란이 저수지 둑을 향해 상류를 한 바퀴 돌아볼 요량으로 걸음을 옮기자 물 가장자리에 갑자기 큰 물보라가 일었다. 순간 손바닥 크기의 은빛 물고기가 펄쩍 뛰어올라 풍덩, 물 한가운데로 사라졌다. 겹겹이 물보라가 퍼져나갔다. 녹조가 끼어 바닥이 보이지 않는 푸른 물밑에도 생명은 활발하게 움직이고 있었나 보았다. 문득 시선을 느낀 영란이 저수지 둑 밑 왼쪽 이층집을 바라보았다. 그곳에 웃옷을 벗어 던진 배가 불룩 나온 사내가 열린 창문을 향해 자신을 바라보는 모습이 보였다. 영란은 화들짝 놀라 방향을 바꿔 저수지 왼편 둑을 따라 총총히 걸었다.

영란의 시골집 앞엔 제법 큰 개울이 있었다. 전 주인이 집을 지을 때 사비로 개울에 다리를 놓아 진입로를 만들었다. 버스 노선도 있었다. 한낮을 빼면 불편하지 않을 정도로 자주 왕래했다. 대개 전원주택은 외딴곳에 있어 무엇이 필요하면 반드시 차를 달려 사 온 경험이 있던 터라, 시내에서 멀지 않은 지금의 집은 영란의 마음에 들었다. 넓은 마당에 이것저것 심어보고 싶은 꽤 큰 밭도 딸려 있었기 때문이었다. 하지만 그건 얼마 못가 영란을 후회의 길로 인도했다. 밭은 처음 생각과 달리 눈만 뜨면 솟아 나오는 잡초 때문에 쉴 수가 없었다. 집을 살 당시엔 주변이 거의 논밭이었다. 언제부턴가 하나둘씩 주택이 들어섰다. 지금은 제법 어울리는 마을이 되었다.

*

남자는 봄이 되면 자주 가평 농장엘 혼자 갔다. 새싹이 움트는 3월 초부터 정기적으로 밭갈이하는 사람이 오기 때문이었다. 우선 밭고랑을 만들어 겨우내 펑퍼짐하게 무너져 내린 밭둑을 돋우고 봄 농사 준비를 해야 했다. 최초로 심는 작물은 물론 상추였다. 상추는 심은 지 열흘만 지나면 먹을 수 있을 만큼 자랐다. 한차례 모두 뜯어먹고 나면 다시 모종을 가져와 심어

여름에 자주 오는 형제들을 위해 준비해 놓았다. 형제들이 모이면 삼겹살을 구워 밭에서 따온 상추에 쌈을 싸 먹고 사다 놓은 감자 싹을 심었다. 고르게 이랑을 내어놓은 밭고랑에 검은 비닐을 씌우고 간격에 따라 구멍을 낸 후 농협에서 사다 놓은 싹이 난 감자 한쪽씩을 묻었다. 처음엔 아무것도 몰라 비닐을 덮지 않고 그냥 맨땅에 감자를 심었다가 정신없이 솟아 나오는 잡초 때문에 혼이 났다. 그 후 옆집 밭에서 하는 양을 보고 따라서 씌웠더니 잡초가 비닐 때문에 더 자라지 못하고 비닐 안에만 머물러 한결 수월해졌다.

첫 감자 수확 때는 너무 많은 양 때문에 처치를 못해 차에 싣고 일일이 지인들을 찾아다니며 배달해 주었다. 기르는 것보다 나누어 주는 게 더 힘들었다. 요즘은 아예 양이 많은 작물은 면적을 줄였다. 식구가 먹을 만큼의 야채를 심고 나머지는 땅콩으로 대체했다. 농사를 짓다 보니 정말 세월이 빨리 간다는 걸 실감했다. 초봄에 감자랑 고추, 상추, 등 모종을 한 지 얼마 안 된 것 같은데 금세 수확기가 되고, 가을 작물로 교체해 주어야 했다. 잡초는 왜 그렇게 빨리 자라는지…. 매일 제거해도 며칠만 손을 놓으면 금세 파랗게 올라와 마당을 덮었다. 전원생활이란 말이 무색할 정도였다. 잡초와 전쟁을 벌였다. 그냥 두

자니 남이 보면 게으른 주인이란 생각을 할 것 같았다. 틈만 나면 호미를 들고 엉덩이 의자를 붙여 잡초를 캤다. 쪼그려 앉아 장시간 풀을 뽑고 나면 다리가 아파 일어나지도 못했는데, 그 의자를 엉덩이에 달고 하면 한결 수월했다.

어느 날이었다. 영란이 매번 혼자 가서 며칠씩 자고 오는 남자를 응원하러 연락도 없이 농장엘 갔다. 집 앞에서 버스를 내렸다. 당연히 있을 줄 알고 방문을 열었다. 남자가 보이지 않았다. 화장실에도, 밭에도, 사람이 다녀간 흔적조차 없었다. 원래 집을 나가면 전화를 잘 안 하는 사람이었다. 하여 영란이 며칠이 지나도 전화를 해보지 않았었다. 어쩐 일일까, 길이 엇갈렸나. 휴대폰을 들고 전화를 했다. 받았다.

"어디예요?"

묻는 영란에게 남자는 천연덕스럽게 '가평'이라고 대답했다. 순간 영란이 이상한 생각이 들었다. 매번 가평에 혼자 가서 농장 일을 하겠거니 믿었는데 대체 어디에 갔던 걸까. 거실 탁자 밑엔 주변 관광명소가 적힌 팸플릿이 여럿 나왔다. 안 가 본 데가 없었다. 누구랑 갔을까. 그리고 보니 남자는 매번 평일엔 가라고 해도 가지 않다가 주말만 되면 어김없이 농장엘 가겠다고 나섰다. 신발을 바꾸어 신으려고 신발장을 열었다. 영란은 자신의 눈을 의심했다. 신발장 안에는 감색 바탕에 물방울무늬의 여자 파라솔이 얌전하게 놓여 있었다. 파라솔을 꺼내 펴 보았다. 어떤 종류의 여자가 쓴 것인지 파라솔 가장자리에 담뱃불에 지진 구멍까지 있었다. 여자가 담배를 피우나. 남자는 담배를 피우지 않는다. 영란은 갈피를 잡을 수가 없었다. 엄연히 농장에 없으면서도 뻔뻔하게 농장이라고 거짓말을 하는 남자. 그간 남자의 퇴직을 염두에 두고 애써 마련한 농장이 세컨하우스가 아닌 세컨드하우스였든가. 방으로 들어갔다. 문을 열자 방 안에선 열기가 확 덮쳐왔다. 어떤 방에서 잤을까. 설마 여자를 집까지 들였을까. 아니 그럴지도 몰라. 남자는 평소 얌전한 척하지만 자신이 원하는 일이면 아주 무섭게 밀어붙이는 사람이었다. 재차 전화했다.

"언제 올 거예요?"

짐짓 물었다. 남자는 태연하게,

"오늘은 밭에서 할 일이 많아 내일쯤이면 끝난다."

영란이 그 밭 앞에서 전화를 하는데, 어이가 없어 말도 못하고 가만히 전화기를 붙잡고 서 있었다.

"내일 서울집에 갈 텐데 집에 무슨 일이 있냐?"

되물었다. 뻔뻔한 것도 모자라 파렴치했다. 결혼 초 함께 목욕을 간 적이 있었다. 각각의 탕에서 목욕을 마치고 집으로 향했다. 남자가 마트 쪽으로 걸어갔다. 무슨 일인가 밖에서 기다리는데 남자가 우유를 샀다. 그러더니 마트 안에서 혼자 우유를 마시고 나왔다. 손에는 한 곽의 우유도 들려 있지 않았다. 부부가 함께 목욕하고 나오다가 혼자 들어가 우유를 마시고 나온 남자, 어처구니가 없어 영란이 남자에게 물었다.

"아니, 함께 가자고 하던가, 우유를 한 곽 더 사서 들고 나오든가 해야지, 어쩜 혼자 우유를 사서 마시고 그냥 나와요?"

남자는 태연하게 말했다.

"그냥 목이 말라서 마시고 나왔어."

밥을 먹을 때도 마찬가지였다. 함께 퇴근해 서둘러 저녁밥을 짓고 반찬을 만들어 식탁에 올리면 맛있는 반찬은 영란이 식탁에 앉기도 전에 다 먹어버렸다. 고기 한 점 남기지 않았다. 기다리는 건 원래 그렇다 치더라도 반찬 정도는 남겨놓아야 하지 않을까. 기가 막혀 영란이 투덜댔다.

"자기는 고기 안 먹는 줄 알았어."

이런 사람이 조직 생활은 어떻게 잘하고 있는지 가늠이 안되었다. 그럼 혼자 살지 결혼은 왜 했냐고 영란이 다그쳐 물으면,

"원래 여자는 그런 거 아니냐."

오히려 의아해했다.

남자는 4살 때 아버지를 잃었다. 6·25 때 좌익으로 몰려 억
울하게 죽었다고 했다. 어머니가 불쌍하다고 혼자 거둬 먹여
서 그런가보다 이해하려 해도 정나미가 떨어졌다. 함께 살기가
싫었다. 그 와중에 바람이라니. 영란은 퇴근 후 집에 가지 않았
다. 3개월을 삼청동 친구 집에서 생활하며 직장엘 다녔다. 어
떻게 알고 남자도 함께 친구 집으로 퇴근했다. 친구에게 미안
해서 다시 집으로 돌아왔다. 며칠 후 영란이 조퇴를 했다. 남자
의 회사로 면회를 신청했다. 수위의 연락을 받고 내려온 남자
에게 함께 갈 데가 있다고 팔을 끌었다. 영문을 모르는 남자는
정동 길로 접어들자 영란의 의도를 알아챘다. 당시엔 가정법원
이 소공동 정동길 옆에 있었다.

"잠시 화장실에 다녀올게."

자리를 떴다. 한참을 기다려도 남자는 돌아오지 않았다. 이
혼은 하기 싫은가 보았다. 영란의 어머니도 '여자는 한 번 시집
가면 그 집 울타리 안에서 죽어야 한다'고 믿는 사람이었다.

텃세도 있었다. 어느 날 영란의 밭 밑 논 임자가 원주민 부동산에서 연락을 해왔다. 무슨 일인가 바짝 긴장하여 영란이 남자와 갔다. 밭 밑 논 임자는 자신의 논을 사라고 했다.

"그거 시세보다 싸게 줄 테니 김 사장이 사시오."

다짜고짜 반 협박조였다. 남자와 영란이 농사는 처음인지라 맡겨진 자신의 200평의 밭만도 벅찼다. 더욱 논농사는 엄두가 안 났다. 원주민 부동산이 거들었다.

"밭농사보다는 논농사가 훨씬 수월하니, 이참에 아예 논밭 두루 갖춰 전업 농부로 사시오."

영란이 어릴 때 시골에서 부모님의 농사일을 거든 기억이 있어 약간은 마음이 동했다.

"가격은 얼마요?"

남자가 물었다.

"평당 80만 원이면 아주 싼 거요."

작정한 듯 논 임자가 말했다. 영란이 속으로 계산을 해보았다. 자신의 집 평수와 비교해 값을 계산해보니 터무니없이 비싼 가격이었다.

"여력이 없어 안 되겠네요."

남자를 통해 거절했다. 논 임자의 얼굴이 험악해졌다.

"그럼 얼마면 사겠소."

되물었다. 집에 가서 상의한 후 연락하겠다며 서둘러 부동산을 나왔다. 신문에 외지인들에게 바가지를 씌운다는 것이 소문만이 아니었다. 어떻게 밭도 아닌 논을 밭 값의 두 배 가격에 사라고 하는지 그들의 셈법을 이해하기 힘들었다. 통상 논은 밭 가격의 절반 정도가 보편적이란 걸 영란도 들어 알고 있었다. 논은 밭과 달리 쓰임새가 한정되어 있다. 작물의 종류도 벼 아니면 연밭 정도가 고작인데, 밭은 그야말로 무궁무진하다. 무엇이든지 심을 수 있는 장점이 있는 데다, 후일 집을 지을 수도 있는 다양한 쓰임이 있다.

원주민의 요구를 거절한 며칠 뒤 영란이 자신의 밭에 나갔다. 애써 기른 호박이 주렁주렁 열린 것이 얼마나 컸는지 보기 위해서였다. 밭둑에 도착한 영란은 눈을 의심했다. 며칠 전까지만 해도 싱싱하게 자라고 있던 호박들이 하늘을 향해 누렇게 줄지어 말라 있었다. 논과 밭의 경계로 3m 높이의 축대 위가 영란의 밭이었다. 그 밭에 심어진 호박에 누군가 제초제를 뿌려 놓았던 것이다. 자신의 논을 터무니없는 가격에 사기를 원했는데 그게 여의치 않으니 호박에 심술을 부린 모양이었다. 사람도 아닌 식물에 그것도 한창 자라고 있는 농작물에 무한정 제초제를 뿌려대다니, 영란은 너무 화가 나 보이지 않는 논 임자를 향해 한바탕 욕을 했다.

"기어코 되갚아 주어야지!"

다짐했다. 그로부터 며칠은 영란은 앉으나 서나 골똘히 그 생각만 했다. 드디어 꾀를 생각해 냈다. 영란이 이번에 동네의 못된 텃세를 바로잡지 않으면 다음에 오는 다른 사람들에게도 반드시 얼토당토않은 요구로 텃세를 부릴 것이다. 사명감마저 생겨났다. 우선 영란에게 집을 판 사람에게 전화했다. 상황을 설명했다. 영란의 말을 가만히 듣고 있던 그가 말했다.

"그러지 말고 어차피 이곳에서 살 거면 척을 지지 말고 사이좋게 지내시오."

곁들여 힌트를 줬다.

"며칠 후면 복날이니 내가 주선할 테니 마을 사람들을 불러 소머리 국밥집에서 신고식을 하는 게 어떻소?"

종용했다. 그러는 건 방법이 아닌 것 같았다. 매번 그런 식으로 버릇을 들여놓으면 그것이 관행이 될 테고, 앞으로 올 다른 사람들에게도 피해를 줄 거란 생각이 들었다. 원주민을 상대로 영란이 손해 보지 않고 앙갚음을 할 수 있는 방법을 쓰는 수밖에 없겠다고 생각했다. 막무가내로 대하는 사람에겐 이쪽에서도 막무가내로 대하는 방법이 최선이란 생각이었다.

"텃세엔 텃세로 응해야겠다."

영란의 집은 개울에 다리를 놓아 넓은 진입로를 만들었다. 다리를 놓기 전 원주민들은 좁은 농로를 따라 돌아서 논이나 밭으로 가야 했다. 더욱이 경운기나 트랙터는 이용할 수 없었다. 농기계를 이용할 땐 언제나 영란의 집 다리를 이용했다. 영란이 씨앗을 뿌릴 때 아예 밭 두 고랑쯤은 일부러 비워두는 배려를 했는데 당연한 듯 생각하는 그들에게 본때를 보여주어야지. 집을 판 사람에게 다시 전화했다.

"우리 집 다리 옆에 울타리를 치겠어요."

바로 반응이 왔다. 이튿날 논 임자인 할아버지가 슬금슬금 영란의 집 마당으로 들어섰다. 간혹 논에서 일하는 모습은 봐왔지만 직접 대면하기는 처음이었다. 바짝 움츠러든 할아버지는 지금껏 자신이 트집을 잡은 걸 이해해 달라고 했다. 며칠 전의 당당하던 모습은 간데없었다. 비굴한 모습으로 자신이 호박에 제초제를 뿌린 걸 사과하고 앞으론 절대 그러지 않겠다며 약속했다.

*

아버지 기일이었다. 매일 늦게 퇴근하는 남자에게 영란이
말했다.

"오늘 아버지 기일이에요. 퇴근 후 불광동 엄마 집으로 와요."

대답은 한결같았다.

"알았어."

오후가 되자 지난번 부탁한 통화기록에 대해 친구가 전화했
다.

"얘, 매일 부천에 있는 어느 가게에 하루에도 몇 번씩 전화
한다. 그것도 아침 출근 후 삼십 분씩, 어느 땐 거의 한 시간을
한다. 한번 확인해 봐."

그 말을 듣는 순간 언뜻 머리를 스치는 생각이 잡혔다. 십
년도 훨씬 지난 홍은동 사건이었다. 아직도 그 여자인가. 자주
흔적을 남겨 덜미를 잡히는 남자였다. 걸어놓은 바지를 뒤졌
다. 부천 농협에서 매주 토요일 돈을 인출한 영수증이 나왔다.
전화를 했다. 받지 않았다. 아버지 기일이고 뭐고 오늘은 분명
히 확인하고 말리라. 영란이 1호선 지하철을 타고 현금인출기

장소 가까운 곳으로 갔다. 단서는 비디오테이프. 남자는 몇 달 전부터 비디오테이프를 가져와 혼자 방에서 춤 연습을 했다. 현금인출기 주변의 상가에 있는 비디오 가게를 수색했다. 세 번째 집에서 예의 홍은동 여자를 발견했다. 여자는 갑자기 기습한 영란을 보고 숨도 제대로 쉬지 못했다.

"나랑 얘기 좀 하죠, 나 아시죠?"

놀란 여자는 손만 꼼지락꼼지락 매만졌다. 질기고 질긴 인연이었다. 십 년을 한결같이 관계를 맺고 있는 그녀였다.

"남의 남자랑 연애하면 대체 어떤 기분이 들죠?"

궁금했다.

"이건 진심인데요. 매일 무슨 얘길 할 게 있던가요?"

거듭된 영란의 물음에 여자가 대답했다.

"어제는 무얼 했고 오늘은 무얼 한다는 자잘한 일상적인 얘기만 했어요."

"그럼 나도 내일부터 당신 남편에게 전화해서 매일 일상적인 얘기를 하면 서로 공평하겠네요."

영란이 어깃장을 놓았다.

"제발 남편에게만은 말하지 말아 주세요."

손을 맞잡고 싹싹 빌었다. 십 년 전 홍은동에 갔을 때도 남자를 모른다고 잡아뗀 여자였다. 순간 덩치가 황소만 한 여자의 예쁜 손이 눈에 들어왔다. 내역서에 의하면 십 년을 하루도 빠짐없이 아침에 출근하면 삼십 분, 주말이면 1시간을 전화통을 붙잡고 통화를 했다. 어떻게 그런 사소 잡다한 이야기를 하루 이틀도 아니고 십 년씩이나 할 수 있는가? 여자가 거짓말을 하는 것 같지는 않았다. 이 여자에게는 분명 무언가 매력이 있을 거라는 생각이 들었다. 얼굴을 들여다봤다. 그냥 평범한 얼굴이었다. 동그란 얼굴에 피부가 좋지도 않았고 뚱뚱한 몸집의 거구인 체격에 비해 유난히 손이 작고 예쁜 것 외엔.

'저 손, 손 때문인가.'

남자는 저 여자의 예쁜 손을 떠올리며 하루도 빠짐없이 통화를 한 건 아닐까. 머리가 지끈지끈 아팠다. 허탈하여 웃음이 나왔다. 자신이 바보 같이 느껴졌다. 어제는 무얼 했고, 무얼 먹었으며, 회사에선 또 어떤 일이 있었는지, 매일 보고를 했다니….

언젠가 남자가 영란에게 말했다.

"당신은 너무 말랐어. 당신과 잠자리를 가질 땐 나무 위에 앉는 것처럼 딱딱해."

저 여자의 푸짐한 엉덩이를 상상하면서 영란을 취했을 남자

144

를 생각하니 얼굴이 화끈거리고 목 언저리에 피가 솟구쳤다. 숨이 쉬어지지 않았다. 옆에 있다면 당장 살인이라도 저지를 것 같은 순간을 잠재우느라 눈을 감았다.

'미친놈, 언제는 날씬한 게 좋다더니.'

이를 뿌드득 갈았다. 남자의 말이 생각났다.

"당신은 언제든 틈만 있으면 날아갈 거잖아, 아이도 없으니 훨~훨~."

영란이 자기 곁을 떠날지도 모른다는 불안을 핑계로 저 여자에게 집착을?

치열하게 살아온 세월도 허무하게 하나둘 저세상으로 가는 나이가 되었다. 드문드문 동창들의 부고도 날아왔다. 인생 뭐 별거 있겠냐는 생각도 들었다. 오랜 세월이 흘러 영란이 남자에게 물었다.

"부천 여자랑은 어째서 그리 오래 관계를 유지했냐?"

남자가 말했다.

"그 여자는 나의 말을 아주 잘 들어줘, 한 번도 중간에 끊지 않고 추임새를 넣어가며 한 시간이고 두 시간이고 잘 들어준다."

영란이 자신을 되돌아봤다. 남자에게 말을 할 때는 언제나 본론만 얘기했다. 사무실에서 아랫사람에게 지시하듯이 그냥 '네', '아니오', 용건만 간단히 했다. 후회가 되었다. 정말 상대의 이야기만 잘 들어줘도 오랜 시간 관계가 유지될 수 있는 걸까. 한창훈의『밤 눈』이 생각났다.

"내가 뭣 때문에 그 사람한테 홀딱 넘어갔을 게라우? 바로 말이었소— 내 손을 만지며 밤새도록 조곤조곤 속삭이던 그 말이—"

*

일단 경운기부터 진입이 안 되면 지금처럼 농사를 기계의 힘으로 짓지 못하고 사람이 직접 논을 갈고 추수를 해야 할 상황이 되니 그들도 어쩔 수 없었으리라.

그냥 서울 샌님이 한평생 농사도 모르고 집을 사서 이살 왔으니 동네서 함부로 해도 된다고 생각했던 듯했다. 전 주인의 얘기를 들으니 이북에서 월남한 할아버지의 전 재산인 논을 아들이 팔아주기를 원해 외지인이라 값을 모를 줄 알고 그리됐다며 이웃 간에 서로 사이좋게 지내라며 중재를 했다. 며칠 후 할아버지가 시커먼 비닐봉지에 잘 익은 체리를 한 바가지 따서 들고 왔다.

"이거 우리 집에서 따온 거요. 애기들 주시오."

봉투를 내밀었다. 영란이 얼결에 비닐봉지를 받아들었다. 잠시 우물우물 뭔가 말을 하려던 할아버지는 몇 발짝 걷다가 되돌아섰다.

"내년 봄에 체리 나무를 서너 그루 줄 테니 밭둑에 심어 보슈. 애들이 아주 좋아할 거유."

이듬해 봄, 예전처럼 할아버지는 영란의 집 다리를 이용했다. 조심조심 트랙터를 몰고 다리를 건너 자신의 논으로 향했다. 곁들여 놀라운 일이 일어났다. 일을 마친 할아버지가 트랙터를 도로에 세우더니, 빗자루를 꺼내 영란의 집 다리에 널브러진 흙더미 등속을 깨끗하게 쓸었다. 공연히 심통을 부렸다간 잘못하면 먼 길을 기계 없이 지게로 농사를 지을 뻔한 걸 후회하는 걸까.

그렇게 해서 영란은 시골 사람들의 터무니없는 텃세를 정리했다. 며칠 후 영란이 강요에 의하지 않고 자발적으로 마을 사람들을 소머리 국밥집으로 초대했다. 20여 명의 할아버지 할머니들이 국밥집에 모였다. 영란이 자신의 부모님을 모시는 듯 정성으로 국밥과 전골, 술을 대접했다. 드디어 마을 입성식을 마쳤다.

저수지엔 안개가 스멀스멀 피어올랐다. 안개는 갑자기 모양을 만들었다. 바람의 영향인가. 머리를 산발한 두 여자가 원한이 맺힌 듯 서로 마주 보며 전진을 하는 것 같았다. 영란의 온몸에 소름이 돋았다. 이 저수지에 빠져 죽은 한 맺힌 여자들의 모양 같아서였다. 수시로 모양을 바꾸는 몇 컷의 사진을 핸드폰에 담고 저수지 둑길을 향해 걸었다. 둑 가장자리에 세워진 가림판엔 1957년에 준공했다는 저수지의 이력이 쓰여 있었다. 저수지를 판 세월이 거의 영란의 나이와 비슷했다. 만들 당시엔 주변 마을 전체가 논밭이라 이 저수지 물로 농사를 지었다고 했다. 지금은 도시가 팽창해 거의가 아파트단지로 변했다. 저수지의 역할이 없어지고 있는 중이었다. 그나마 남은 농경지 때문에 아직은 효용이 있긴 했다. 하지만 그것이 언제까지일지, 효용이 절실치 않으니 관리도 부실했다. 둑 위에 세워진 익사 사고 때 구조할 잠수복은 빛이 바래 누렇게 변색되어 있었고, 비닐이 녹아 바람이 빠진 상태였다. 저걸 입고 누가 물에 빠졌을 때 어떻게 구조를 하나. 피식 웃음이 나왔다. 왼쪽 둑으로 걸어가 보았다. 역시 그곳도 매우 허술하게 유지되고 있었다. 갑자기 많은 양의 물을 흘려보내면 아랫마을이 잠길 정도로 저수지는 크고 넓었다.

간밤 저수지 둑이 무너져 마을을 덮치는 꿈을 꾸었다. 손을 휘저어 구조를 요청했다. 아무도 오지 않았다.

이웃들

오늘 우연히 지방선거 유세를 들었다. 지역의 발전을 위해 어떻게 하겠다는 정책은 하나 없고, 상대 후보의 결점을 찾아내 폭로하는 장면만 난무했다. SNS를 열어봐도 마찬가지였다. 양쪽 진영의 기상천외한 댓글들을 훑어보다가 문득 오래전 이웃해 살았던 혜영 엄마가 생각났다. 욕이라면 둘째가라면 서러워할 욕쟁이 챔피언.

"그녀만 데려오면 욕 베틀 순위는 당연 1위인데…"

신혼 시절 나는 서울의 외곽마을에 살았다. 적은 돈으로 내 집 마련의 꿈을 이룰 수 있는 곳은 그곳뿐이었기 때문이다. 북한산 자락인 그곳은 그린벨트로 묶여 있어 다른 곳의 반값이었다. 군사정권 시절, 마음대로 움직여주지 않는 언론인들에게 정부에서 국립공원 한 귀퉁이를 떼어 줘서 만든 최초의 조합주택 단지라고 했다. 당시로는 흔하지 않던 수세식 화장실을 갖춘, 나름 문화촌이었다. 신문사 사장에서부터 기자, 방송국 아나운서 등 대다수가 언론계에 근무하는 사람들이 조합원이라 마을 이름조차 기자촌이었다. 그런 까닭일까. 유명인들이 많았다. 선거철만 되면 어김없이 나타나는 영원한 야당 대통령 후보인 B. 철통같은 보안을 뚫고 북한으로 밀입국한 대학 초년생 L. 한국일보, 조선일보, 동아일보 등 신문사 사장들과 유명한 앵커인 E 등 내놓으라 하는 사람들이 주민인, 시쳇말로 '방귀깨나 뀐다'는 사람들이 사는 동네였다. 특히 B 씨는 선거철만 되면 수십 명의 젊은 대학생들을 앞세워 마을을 시작으로 거리를 걸어 다니며 유세를 했다. 부인은 교사였다. 마을 여자들은 평생을 직업 없이 그렇게 사는 사람을 남편으로 둔 것이 마냥 행복하지만은 아닐 거라며 수군댔다.

최초 분양 때는 언론단체 종사자 외의 일반인 분양은 허락되지 않았다. 조합원 자격이 정해져 있었기 때문이었다. 비탈진 산 귀퉁이를 바둑판처럼 구획 지어 양쪽 외곽은 크게, 혹은 작게 형편에 맞추어 땅을 분할했다. 가장 아래쪽은 해방촌이라고 불렀다. 그곳은 1968년 북한산을 통해 청와대를 습격한 남파간첩 사건 이후, 정부에서 공원 곳곳에 무허가로 흩어져 살던 사람들을 모여 살게 한 곳이었다. 위험에서 해방되었다고 붙여진 이름일까. 당시 31명의 남파간첩 중 유일한 생존자 김신조 외엔 전원 사살되었다고 했다.

위로 올라갈수록 경치가 좋았다. 500평이 넘는 저택도 여럿 있었다. 높은 곳은 별 4개짜리 장군과 신문사 사장들이 산다고 했다. 그다음이 논설위원, 마지막이 기자를 포함 일반직원들이 각자 형편에 맞추어 땅을 분양받았다고 했다. 그곳엔 미리 지방에서 올라온 후배가 살고 있었다. 후배의 남편은 미대를 나와 MBC 미술 담당으로 근무했다. 서열에 밀려서일까. 그녀의 집은 전망은 좋았지만 마을 왼쪽의 가파른 꼭대기에 있었다.

방문 때가 마침 봄이었다. 구릉지의 야트막한 야산 위에 만들어진 원형의 마을은 집집마다 넓은 마당에 갖가지 꽃들이 만개해, 전체가 하나의 거대한 화원이었다. 첫 상경을 했던 나는 서울에도 이런 곳이 있었나 하여 놀랐고, 예쁜 마을풍경에 감탄했다. 몇 년 후 결혼과 동시에 서울로 올라온 나는 어렵사리 그곳에 둥지를 틀었다. 이후 강제로 마을이 사라지기 전까지 15년을 붙박여 살았다. 특별한 것은 당시 다른 마을에는 없는 마을 도서관 겸 독서실이 있었다는 점이었다. 마을 입구 야산 아래 현대식으로 넓게 지어 마을 사람들 누구나 무료로 이용할 수 있게 했다. 나는 도서관이 가장 마음에 들었다.

40년 전 후배를 따라 할아버지 복덕방(당시엔 그렇게 불렀다)에 들렀을 때였다. 3평이 채 안 될 정도의 좁은 공간에 벽을 기대어 책상 한 개만 덩그러니 놓여 있었다.

"할아버지, 이 마을에 싸고 좋은 집이 있을까요?"

얼굴이 작고 이마가 반들반들한 할아버지가 나를 위아래로 훑어보더니 미심쩍은 듯 대답했다.

"글쎄, 하나 나와 있긴 한데 가격이 맞으려나?"

혼잣말을 내뱉더니 앉아 있던 의자에서 작은 몸을 일으켰다. 160cm도 채 안 될 정도의 단신이었다. 따라오라는 말도 없이 사무실 높은 문턱을 넘어가며 할아버지가 흘깃 돌아보았다. 내게 보내는 신호로 알고 뒤를 따랐다. 할아버지는 가파른 지름길인 계단을 이용하지 않고 옆으로 빙 둘러 둥글게 바둑

판처럼 만들어진 완만한 길을 따라 걷기 시작했다. 왼쪽과 달리 오른쪽은 가파른 일직선의 길이었다. '집을 소개하려면 엄청난 다리품을 팔아야겠구나.' 뒤따르며 엉뚱한 생각을 했다. 100m 정도 걸었을까. 마을 중앙쯤 계단 앞에 할아버지가 멈춰섰다. 걸음을 빨리해 다가갔다. 멈춰선 사거리 코너에 단층의 하얀 슬래브 집이 보였다. 조선일보 논설위원이 살던 집이라 했다. 지은 지 20년이 훨씬 넘었다고 했다. 높은 경사지를 깎아 만든 택지로 경계를 구분하는 축대 아래 배수구가 설치돼 있었다. 당시 대다수 조합원처럼 논설위원도 평창동으로 이사 간다고 했다. 20평 정도의 건평에 마당만 엄청나게 넓었다. 내려다보이는 전경이 환상적이었다. 사방으로 확 트인 시야에 가슴이 뻥 뚫렸다. 꿈에서조차 그려보지 못한 풍경이었다. 왼쪽 아래 경계선 쪽엔 몇십 년은 족히 되었을 큰 밤나무가 우람하게서 있었다. 택지를 조성하기 전부터 있었던 듯 둘레만도 1m가 넘었다. 산에 있던 나무를 베지 않고 그대로 둔 모양이었다. 밤나무 위쪽엔 새빨간 꽃 복숭아나무가, 옆으로 1m의 거리를 둔 곳엔 작약꽃 무리가 개화를 기다리고, 오른쪽 담장 밑에는 보라색 라일락이 이미 꽃망울을 터트려 피어 있었다. 담벼락엔 푸른 능소화 가지가 힘차게 담을 타고 올라가는 중이었다. 마치 예전 시골집 우물가에 있던 꽃들을 몽땅 옮겨와 심어놓은 것 같았다. 보는 순간 마음속으론 이미 우리 집이었다. 돈이 문제가 아니었다. 결단코 사야겠다는 욕심이 생겼다. 다급해진 나는 후배를 제치고 바로 할아버지에게 물었다.

"몇 평정도 되는데요?"

할아버지는 고개를 갸우뚱하더니 네가 살 수 있겠냐는 식으로 짧게 대답했다.

"100평이 넘어."

넓다니, 좋긴 했지만 돈이 문제였다.

"얼만데요?"

어차피 모자랄 것으로 생각하고 물었다. 돌아온 대답이 의외였다.

"5,000만 원이야."

우리가 가진 돈은 전부 털어야 3,000만 원이 고작이었다. 밤새 마을 아래 전경이 아른거렸다. 이튿날 은행에 가서 융자를 알아보았다. 맞벌이에 근무연한이 길어 모자라는 금액은 해결이 가능했다. 날을 잡았다.

계약하고 중도금을 치른 후였다. 뿌듯한 마음에 퇴근 후 매일 산동네로 출근했다. 최초로 산 내 집을 구경하기 위해서였다. 대문 밖에서 몰래 마당 안을 들여다보기도 했다. 그러던 어느 날 복덕방 할아버지 가게에 들렀을 때였다. 그때 50이 갓 되었을 정도의 아저씨가 들어서는 나를 무섭게 노려보더니 큰소리로 물었다.

"당신이 윗집을 산 사람이요?"

얼떨결에,

"네 그런데요."

대답을 했다. 아저씨는 다짜고짜 나에게 협박을 했다.

"당신 집 나뭇잎이 바람이 불면 우리 집 마당으로 떨어지니 이사 오면 매일 아침 내려와 나뭇잎을 쓸고, 비가 오면 빗물이 아래로 내려오지 않게 막아줘야겠소."

눈앞이 캄캄했다. 난생처음 내 집을 마련한 기쁨도 잠시, 이웃 간의 불화가 훤히 보였다. 어떻게 해야 하나. 마당에서 내려다본 전망만 생각했지 살면서 경사진 마을의 크고 작은 분쟁은 짐작조차 못 했다. 시세보다 싸게 내어놓았을 때는 분명 문제가 있을 터인데, 처음 집을 구입하는 젊은 시절의 내가 알 턱이 없었다. 난감했다. 도움을 청하려 할아버지를 쳐다봤다. 이미 계약이 이루어진 후의 일은 관심도 없다는 듯 할아버지는 눈만

껌벅이고 있었다. 남자가 나가고 할아버지에게 물었다.

"할아버지 혹시 집에 무슨 문제가 있는 건가요?"

할아버지는 남자의 요구는 심심하면 꺼내는 일상이니 무시해도 된다며, 중도금까지 치른 상황이라 혹여 문제가 있다손 치더라도 대응할 방법이 없다고 했다. 며칠 후 걱정이 되어 다시 할아버지의 복덕방으로 달려갔다. 가게 문을 여는데 예의 그 아랫집 남자가 또 그곳에서 나를 맞았다. '이 남자는 일도 안하고 사나.' 내가 간다는 걸 어떻게 알았을까. 모든 이웃이 이런 유형의 사람만 살지는 않을 것이다. 희망을 갖고 어떻게든 초반에 쐐기를 박아야겠다는 생각이 들었다. 남자는 지난번과 똑같은 말로 나를 위협했다. 여전히 떨어지는 나뭇잎과 내려가는 물길을 막으라는 요구였다. 순간 아랫집 남자가 개를 길러 시장에 내다 판다는 소문을 들은 게 생각났다.

"좋아요. 나뭇잎 떨어지는 것 쓸고, 물 내려가는 것 막아 줄테니 먼저 아저씨네 집에서 짖어대는 개 울음소리, 먼지, 냄새 등속을 올라오지 않게 해 주세요."

아랫집 남자가 눈을 뒤집으며 맞대응을 했다.

"먼지, 냄새, 소리를 어떻게 막는단 말이요?"

기가 막힌다는 표정이었다.

"그럼 바람을 무슨 수로 막고, 물길 따라 흐르는 물을 어떻게 위로 흐르게 할 수 있나요?"

이사를 했다. 이후 아랫집 남자는 더이상 나를 향한 갑질을 멈췄다. 대신 우리 집이 융자를 받아서 샀다며 집집마다 찾아가 고지를 한다고 했다. 상관하지 않았다. 대신 갚아줄 것도 아닐뿐더러 어차피 융자를 받은 건 사실이니까. 할아버지의 말씀에 의하면 남자는 미혼남이라고 했다. 동대문 시장에서 장사를 해 모은 돈으로 집을 샀지만 결혼한 동생이 느닷없이 가족을 데리고 쳐들어와 매일 같이 형제가 싸움을 한다고 했다. 자신의 집에서 나가달라는 남자와, 혼자인 형 집에서 그냥 눌러살 생각인 동생 가족과의 싸움으로 동생 역시 정신이 온전치 못하다고 했다. 직업군인이었는데 건강에 문제가 있어 아내가 생계를 책임진다고 했다. 얼마 후 칼부림까지 해가며 싸우던 동생이 결국 가족을 데리고 집을 나갔다.

3, 4개월이 지났을까? 조용하던 마을에 사이렌이 울리고 아랫집 대문 앞에 경찰차가 멈춰 섰다. 낯선 사람들이 들락거리고 남자의 동생이 마당을 왔다 갔다 했다 어쩐 일일까? 편하게

지내던 이웃도 아니니 내려가 물어볼 수도 없었다. 궁금했다. 며칠 후 아래 동네로 내려가는 길에 할아버지 복덕방에 들렀다.

"아랫집에 무슨 일이 생겼나요?"

"글쎄, 나도 잘은 모르고 아랫집 그 남자가 죽었다네. 며칠 전부터 동생이랑 매일 싸우는 소리가 들렸다고 하더니만⋯."

뒷말을 흐린 할아버지는 죽은 아랫집 남자가 불쌍한 사람이라며 혀를 찼다. 50이 넘게 결혼도 안 하고 혼자 살며 끊임없이 동네 사람들에게 시비를 걸어 아무도 가까이하기 싫어했다고 했다. 그 말을 듣고 번쩍 한 가지 생각이 잡혔다. 그 사람이 이웃들에게 시비를 거는 건 외로움을 드러내는 방법일 수도 있겠구나 하는 생각이었다. 한 달도 되지 않아 아랫집엔 동생네 가족이 들어와 살기 시작했다. 마을 사람들은 이구동성으로 '동생이 수상해' 고개를 갸우뚱했다.

집을 사고 엄마가 첫 방문을 했다. 결혼 3년 만에 집을 산 나는 무척 들떠 있었다. 우리 집을 둘러본 엄마의 첫마디가,

"밤나무를 잘라라."

내가 가장 자랑스러워하는 우람한 밤나무를 자르라는 것이

었다.

"일부러 나무를 심을 판에 있는 나무는 왜 잘라요?"

항의하자 엄마가 말했다.

"집안에 다른 나무는 심어도 밤나무는 심지 않는다."

이해할 수 없는 말을 했다. 엄마의 설명에 의하면 밤꽃 향기가 남자의 정액 냄새와 같다고 했다. 홀로된 며느리가 밤나무 밑을 자주 서성이면 얼마 못 가 바람이 난다고 했다. 그런 연유인가. 대갓집 마당엔 절대 밤나무를 심지 않는다고 했다. 생전의 엄마는 남편의 늦은 귀가로 투정을 부리는 나를 향해, 자리보전하고 있어도 남편이 있는 것이 얼마나 든든한지 '수양산 그늘이 강동 팔십 리를 간다'는 말로 일갈했다.

가을이면 밤나무에서 호두알만 한 알밤이 떨어졌다. 알밤이 떨어지는 소리는 엄청나게 컸다. 후두둑 툭. 알밤이 떨어지면 나는 부지런히 밤을 삶아 놀러 온 마을 여자들 앞에 소쿠리째 내놨다. 여자들은 동그랗게 둘러앉아 밤을 까먹었다.

"이집 밤, 참 달다."

이구동성으로 칭찬했다. 토종밤으로 처음엔 크기가 작았지만 거름 등 정성으로 영양을 보충했더니 개량종보다 훨씬 굵어졌다. 육질이 단단한 밤은 삶으면 노랗게 분이 났다. 가을엔 홍시가 훌륭한 간식거리가 되었다. 서리가 내리기 시작하면 빨갛게 익은 감을 따 큰 바구니에 담아두기만 해도 저절로 홍시가 되었다.

옆집에 사는 욕쟁이 아줌마는 당시 고등학생과 중학생인 남매를 두고 있었다. 그녀는 맛있는 반찬을 만들 때면 퇴근 후 식사 준비로 바쁜 나에게,

"새댁!"

담 너머로 소리쳐 불렀다. 장독대 위로 올라가면 반찬 접시를 넘겨주었다. 산비탈 동네라 윗집 마당이 아랫집 지붕이 되고, 옆집 마당이 이웃집 장독대 위가 되는 구조였다. 당시엔 맞벌이가 드물었다. 일요일이면 어김없이 테니스대회가 열리는 남편의 회사 일정으로 나는 거의 혼자가 되었다. 그럴 때면 집에서 살림만 하던 주부들은 우리 집으로 몰려들었다. 그녀들은 나무로 된 널찍한 마루에 가로세로 누워 수다를 떨었다. 누구네 남편은 어제 새벽에 들어왔고, 누구네 아이는 전교에서 1등을 해 잔치를 벌여야겠다는 등 마을 뉴스가 한꺼번에 쏟아져 나왔다. 왼쪽으로 제일 넓고 아름다운 집이 별 4개의 오 장

군 집이라는 것도 그때 알았다. 오 장군의 외동딸은 결혼 후 아들 하나를 데리고 친정으로 되돌아왔다고 했다. 늦은 밤, 남편의 귀가를 기다리며 마을 외곽을 돌던 나는 저택 창가에 서 있던 오 장군 딸의 모습을 여러 번 목격했다. 여자들은 특히 앞집에 사는 L의 얘기를 가장 많이 했다. L은 우리 집에서 대각선으로 마주 보이는 집에 살았다. 아버지는 경향신문 기자였다. 당시 남한의 대학생인 L이 뜬금없이 북한방송에 공개적으로 나와 세상이 떠들썩하던 때였다. 말하기 좋아하는 윗집 뚱뚱한 오 여사가 먼저 운을 뗐다. 남편은 MBC 기자였다.

"L은 어쩌다 그런 델 빠져 들었대?"

"그러게, 공부도 꽤 잘한 걸로 아는데 그 애 엄마는 얼마나 가슴이 탈까?"

KBS 아나운서의 아내인 날씬한 김 여사가 보탰다. 서로가 자식을 키우는 입장이라서일까. 느닷없이 자식이 금단의 땅인 북한 공영방송에 나타난다면 대다수 부모는 기절할 것이란다.

"그 애가 원래 좀 똑똑하긴 했어."

"아버지가 신문기자면 뭐해. 딸내미 하나 제대로 간수 못 하는 걸."

오 여사와 김 여사가 서로 주거니 받거니 맞장구를 쳤다.

164

"그러게, 자식에 관해선 누구도 앞질러 얘기할 수 없다잖아. 세상 물정을 몰라도 그렇지, 어떻게 선배가 가란다고 홀라당 가냐고. 가고 싶음 본인이 갈 것이지. 아무것도 모르는 남의 집 딸을 꼬드겨 그쪽으로 보내는 인간이 더 나쁜 놈이네."

삽시간에 아줌마들은 간 학생보다 보낸 사람들을 싸잡아 욕했다. 100여 호 남짓한 동네 사정이 아줌마들 입안에서 춤을 췄다. 누구 집에 무엇이 있는지 훤히 알고 있는 동네 아줌마들은 무람없이 어울려 남편의 흉이나 아이들을 키우면서 경험했던 애로사항들을 전수해주었다. 하지만 자랑할 자식이나 정보가 없는 나는 주로 듣는 쪽을 택했다. 무궁무진한 아줌마들의 수다를 듣다 보면 눈 깜빡할 사이에 해가 지고 저녁 어스름이 덮쳐왔다. 아쉬운 듯 뿔뿔이 집으로 돌아가는 여자들을 마지막으로 옆집 욕쟁이 아줌마가 대문을 나섰다. 여자들의 나이는 거의 사오십 대였다. 아이들이 빠르면 대학생, 늦으면 고등학생인 관계로 엄마들은 별다른 일이 없었다. 다른 동네에 없는 공동독서실이 있어 하교 후 아이들은 자연스럽게 그곳에서 공부했다. 엄마들이 굳이 집에 가서 아이들을 보살필 필요가 없었다.

욕쟁이 아줌마는 키가 작았다. 옆으로 퍼진 몸매는 작은 키에 더욱 풍성해, 흡사 호박을 안고 있는 형국이었다. 작달막한 키에 검붉은 피부의 그녀는 외모나 나이에 어울리지 않게 취미 생활이 유별났다. 손톱만 한 피규어나 액세서리를 모아 붉은색 자개장에 넣어 장식하는 걸 즐겼다. 그런 자개장이 여러 개였다. 아줌마는 틈만 나면 언제나 작은 인형이나 장난감, 피규어, 등의 먼지를 가제 수건으로 일일이 닦았다. 평소의 거친 입담과는 전혀 다른 모습이었다. 입만 열었다 하면 포복절도할 욕으로 좌중을 휘어잡던 배짱이 두둑한 여자. 그런 그녀가 손에 쥐어지지도 않을 손톱만 한 인형을 손바닥 위에 얌전히 올려놓고 정성스레 닦는 모습이라니. 평소의 행동으론 상상이 안되었다. 피규어를 닦는 손길은 정갈하고 조심스러웠다. 거침없고 매사 직선적인 성격의 그녀가 어떻게 저런 섬세하고 손이 많이 가는 장신구 수집에 열을 올리는지….

80년대 초 전국을 떠들썩하게 한 사건이 터졌을 때였다. 대도라 불리는 조세형이 서울의 부유층이 사는 동네서 물방울 다이아몬드를 훔친 사건이었다. 마을 여자들은 한 번도 본 적 없는 물방울 다이아 반지 이야기로 시간 가는 줄 몰랐다. 어떻게 생겼을까. 무게는 얼마나 될까. 다이아를 재료로 빚어진 물방울의 모양은 어떤 형태일까. 너도나도 귀하다는 물방울 다이아 반지를 한 번만이라도 손가락에 끼어봤으면 좋겠다는 푸념을 했다. 특히 아나운서를 남편으로 둔 김 여사 덕분에 뉴스 시간이 아닌 시간대임에도 도둑의 도주 경로를 시시각각 확인할 수 있었다.

"아직도 안 잡혔어요?"

김 여사 남편은 일부러 동네 아줌마들의 궁금증을 해소시켜주려는지 중간중간 집 전화로 중개까지 해줬다. 그러잖아도 오후의 무료했던 시간대 아줌마들은 손에 땀을 쥐고 도둑이 잡히지 않기를 은근히 기도했다.

"잡히지 않았으면 좋겠구만."

한 아줌마가 중얼거렸다.

"그러게, 제발 잡히지 말거라."

이구동성 입 밖으로 소리쳤다.

"멀리멀리 도망쳐라, 잡히지 말고."

무슨 심보일까. 여자들은 하나같이 도둑을 옹호했다. 부잣집에선 물방울 다이아 하나쯤은 없어도 그만일 테니 멀리 가져가 새 삶을 살라는, 오히려 도둑을 동정하며 잡히지 않기를 빌었다. 어차피 자신들은 죽었다 깨어나도 끼어보지 못할 물건이라며. 그렇게 한나절이 지나 오후가 되었다. 따르릉, 전화가 걸려왔다. 김 여사가 받았다.

"그래요?"

한동안 수화기를 내려놓지 못한 그녀는 무척 아쉬운 듯 뒤를 돌아보며 말했다.

"잡혔대요."

대도 조세형이 잡혔다는 전갈이었다. 마루에 앉아 뜬금없이 잡히지 않기를 바라던 여자들은 일제히 맥이 빠져 허둥지둥 삶은 감자를 입안으로 털어 넣었다.

혜영은 엄마를 닮아 키가 무척 작았다. 공부를 잘해 당시 여학생들이 선호하던 E 여대에 합격했다. 축하해 주려고 혜영네 집으로 달려갔다.

"축하해요. 이제 혜영이는 좋은 대학에 들어갔으니 결혼도 좋은 조건으로 하겠네요."

덕담을 했다. 내 말이 떨어지기도 전에 아줌마가 맞받았다.

"좋은 곳으로 결혼은 무슨, 어차피 좋은 대학을 나와도 키가 난쟁이 좆찌래기 만한 년인데 뭘."

깜짝 놀라 아줌마를 쳐다봤다. 아무리 욕쟁이 엄마래도 그
렇지, 자신이 낳은 딸이 아닌가. 아줌마는 욕이라면 세상에서
둘째가라면 서러워할 베테랑이었다. 범인 잘 잡기로 명성을 날
린 형사과 출신 자신의 아버지도 소문난 욕쟁이였다고 했다.
밖에서는 물론 집안에서도 입만 열었다 하면 욕으로 대화를 했
단다. 하여 자신의 형제자매들은 태어나 말을 배우기 전부터
욕부터 배웠다고 했다. 평소엔 얌전하고 다소곳한 현모양처형
의 아줌마는 어느 정도 친해지면 일상적인 대화도 욕으로 대체
했다. 이상하게도 그게 오히려 정이 갔다. 욕에 끌려 나는 자주
옆집 대문을 두드렸다. 그런데 한 가지 문제가 생겼다. 계속 아
줌마를 만났더니 집안에서 나도 모르게 조금씩 욕을 하기 시작
했다. TV 시청 도중 형편없는 행동을 하는 사람들을 보면,

"에이 씨팔 뭐, 저딴 것들이 있어?"

기분이 좋으면,

"좆나 기분 좋네!"

욕이 튀어나왔다. 사고방식과 생활 태도마저 아줌마 방식으
로 물들어 갔다. 남편 외도를 초기에 잡은 아줌마의 비법을 전
수받아 그대로 사용하기도 했다.

어느 날 연락도 없이 남편이 새벽에 귀가했다. 문득 아줌마

가 자랑하던, 초기에 바람기를 잡았다는 방법이 생각났다. 남편의 양복 팔 한쪽을 가위로 싹둑, 모조리 잘라놓았다. 귀가한 남편이 방바닥에 늘어놓은 팔이 잘려 나간 양복을 보더니 기겁을 했다.

"어디서 이런 험한 짓거리를 배운 게요?"

어이없어 묻는 남편에게 자랑했다.

"옆집 아줌마가 알려 줬네요."

이후 늦을 땐 어김없이 연락은 했다. 대신 옆집으로의 마실은 금지당했다. 하지만 집을 비운 사이의 일까지야 어찌 알랴. 계속 옆집으로 마실을 다녔다. 당연히 아줌마의 기상천외한 욕 시리즈도 계속됐다. 자신의 아버지의 욕 베틀에서부터, 세상에는 재미있는 욕에 관한 이야기는 무궁무진했다. 키가 작은 부모 탓인지 아줌마의 아들도 키가 작았다. 반면 우람한 몸집은 역도산급이었다. 아줌마는 아들의 작은 키를 안타깝게 생각하기는커녕 자주 놀려먹었다. 아들을 부를 때면 대놓고 '돼지야'라고 불렀다. 놀란 주위 사람들과 반대로 아들은 전혀 무람을 타지 않았다. 이미 면역이 생긴 모양이었다.

몇 년 후 마을에 사건 하나가 터졌다. 누구네 집이 어디쯤이고 아이들 이름까지 훤히 꿰고 있던 터줏대감인 복덕방 할아버지조차 몰랐던 일이었다. 마을 입구에 있는 가겟집 모녀의 횡령 사건이었다. 마을이 생겼을 때부터 가게를 운영한 그곳엔 언제나 마을 여자들이 대여섯 명씩 모여앉아 노닥이고 있었다. 어느 날 퇴근한 나에게 아줌마가 다급하게 불렀다.

"새댁, 이리 좀 와 봐."

장독간으로 올라가 담 앞에 섰다.

"자기 혹시 아래 가겟집 처녀에게 돈 빌려준 것 있어?"

생뚱맞은 질문을 했다.

"그런 적 없는데요."

나는 퇴근 도중 시장에서 장을 봤고, 간혹 무얼 빼먹었을 때만 동네 가게를 이용했다. 식구가 적어 구입할 물건이 많지 않은 탓도 있었다. 대답이 끝나기도 전에 아줌마가 입을 오므려 귓속말했다.

"가겟집 모녀가 야반도주를 했대."

깜짝 놀라 아줌마를 쳐다봤다. 조용하던 마을이 발칵 뒤집어졌다. 시내에서 동떨어진 외진 마을이라 오랜 세월 마을 사람을 상대로 가게 운영을 하던 모녀가 마을 사람들로부터 거액의 돈을 빌려 도망을 갔단다. 수십 년을 한곳에서 장사한 모녀는 누구네 집에 얼마의 돈이 있는지 알고 이자를 늘려준다며 돈을 빌렸고, 빌려준 사람들은 하나같이 자기만 빌려준 것으로 여겨 안심한 사이 마을 돈을 몽땅 털어 사라졌다고 했다.

"다행이다. 걸려들지 않은 사람이 없다고 해서 걱정했는데…."

아줌마는 진심으로 다행이라며 내 어깨를 토닥였다. 이후 가게는 몇 년간 셔터가 내려져 있었다. 하나뿐인 가게가 없어지고 얼마의 시간이 흘렀다. 갑자기 마을에 낯선 사람들이 들락거렸다. 마을이 수용되었다고 했다. 아줌마가 설명했다. 택지가 필요한 정부에서 상대적으로 싼 동네를 찾다가 우리 마을이 낙점된 거라고 했다.

IMF 때였다. 남매를 난자해 살해하고 본인도 자살한 끔찍한 일이 마을에서 발생했다. 남편은 잡지사 기자라 했다. 여자는 교사였다는데 어째서 실업자가 됐는지 모른다고 했다. 그들은 마을 꼭대기의 이층집 지하에 세를 들었다. 나라 전체가 경제 위기로 몸살을 앓던 때여서일까. 풍족해 보였던 2층 저택도 지하에 세를 넣었다. 일자리를 얻지 못한 남편 대신 아내가 동네 아이들 서너 명을 모아놓고 개인교습을 했다. 마을이 또 한 번

뒤집혔다. 경찰차가 오고 이층집 앞에 사람들이 진을 쳤다.

"글쎄, 남매를 엄마가 직접 찔렀대. 어휴 끔찍해."

욕쟁이 아줌마가 고개를 절레절레 흔들며 말했다.

윗집 오 여사도 거들었다.

"아무리 그래도 그렇지, 자기가 낳은 자식을 어떻게 칼로 난 자를 해서 죽이냐."

"생활고에 힘이 무척 들었다고 들었어."

"김 여사가 그러는데 우울증이 심했다는데…."

확인되지 않는 말들이 여기저기서 흘러나왔다. 원인은 한 가지. 생활고로 어려움을 겪던 젊은 아내가 우울증에 걸렸고, 그로 인해 그런 끔찍한 일을 저질렀단다. 당시엔 멀쩡하던 기업이 줄줄이 외국인 손에 넘어갔고 하루아침에 일자리를 잃은 가장들이 부지기수였다. 남편이 다니던 대기업조차 3년 치 월급을 선불로 주며 조기퇴직을 종용했다. 버티는 사람들은 월급을 반으로 줄였다. 중간정산이라는 명목으로 훗날 받을 퇴직금마저 삭감당했다. 사람이 궁지에 몰리면 저렇게 끔찍한 일도 벌이는구나, 몸서리가 쳐졌다. 아이가 어려 버티는 쪽을 택한 우리는 깎인 월급이나마 다달이 나왔다. 돌잔치 때 받은 꽤 많은 금붙이도 그때 몽땅 내다 팔았다.

수용 후 마을 사람들은 뿔뿔이 흩어졌다. 처음 얼마간은 서로 연락을 주고받았다. 오랜 시간이 흐른 지금, 모두 어디서 무엇을 하며 살고 있는지 궁금하다. 집이 넓은 욕쟁이 아줌마는 보상금을 받아 남편이 운영하던 충무로 인쇄소 근처에 건물을 샀다고 했다. 퇴촌으로 이사 가니 틈내어 놀러 오라는 전화를 끝으로 소식이 끊겼다. 차일피일 방문이 늦어진 탓이었다. 옆으로만 퍼져 레슬링 선수 같았던 아들은 무얼 하며, 키가 난쟁이 좆찌래기만 하다던 혜영이는 어떻게 됐는지…. 나이가 드니 담장 너머로 반찬 접시를 주고받던 그 생활이 한없이 그립다. 이웃과의 정을 느끼기엔 역시 단독이 제일이란 생각마저 들었다.

몇 년 후 아파트단지로 변한 마을에 들렀다. 수용 전 마을에 하나뿐인 식당을 하던 아줌마를 만났다. 그녀도 가겟집 모녀에게 고생하며 모은 돈을 몽땅 털렸단다. 그녀의 말에 의하면 사기꾼 모녀가 잡혔다는 소문과, 어디로 숨어버렸는지 모른다는 말이 동시에 떠돈다고 했다. 이후 가겟집 모녀 소식은 영영 듣지 못했다.

다음으로 이사 간 곳이 수서였다. 옆집에 사는 수진 엄마는 딸 둘을 키우고 있었다. 예전 자기 부모가 마흔을 넘겨 자신을 낳아 동네 창피하다며 일 년간 숨겨져 자랐다고 했다. 부부가 사랑하여 아이가 생기는 게 어째서 부끄러워해야 할 일인지, 그 시절을 이해할 수 없었다. 그런 사연 탓인가. 수진 엄마는 우리 아이들을 무작정 예뻐했다. 주사를 맞으러 갈 때나, 급한 일로 도움이 필요할 때면 자청해서 수호천사가 되어주었다. 반면 나는 사업을 하는 그녀에게 약간의 숨통을 틔워주었다. 퇴직한 뒤라 다소 여유가 있었기 때문이었다. 몇 년 후 우리는 아이들 학교 다니기 좋은 동네로 다시 이사했다. 단지 안에 초등학교가 있는 아파트에 살며 늦깎이 학부모 역할에 적응하느라 정신이 없었다. 몇 개월 후 다시 수진 엄마를 만났을 땐 BMW의 운전석에 앉아 있었다. 회사가 완전히 자리를 잡았다며 맛집에서 점심도 샀다. 진심으로 축하해 주었다. 이후 연락이 뜸했다. 호사다마라고. 어느 날 그녀의 남편이 전화했다.

"은영 엄마, 우리 수진 엄마가 쓰러져 입원한 지 일 년이 넘었어요."

그러잖아도 그간 베풀어준 고마움에 한숨 돌리고 밥이라도 함께 먹으려 했는데….

"왜 이제 연락 하신 거예요?"

각방을 쓰던 아내가 아침상을 차리지 않아 방 안으로 들어 갔더니 쓰러져 있었고 골든타임을 놓쳤다고 했다. 몸은 살아있 어도 언어와 뇌 구조가 모두 망가져 움직이는 식물인간이 되어 버렸단다. 남편과 병원으로 달려갔다. 간병인이 미는 휠체어 를 탄 그녀는,

"수진 엄마, 수진 엄마."

수 차례 불러도 멀뚱멀뚱 쳐다보기만 했다. 눈물이 왈칵 쏟 아졌다. 어떻게 하루아침에 사람이 저렇게 변할 수 있는지 어 처구니가 없었다. 움직이는 식물인간이란 말이 실감났다. 돈 봉투를 손에 쥐여주자 강하게 그러쥐었다. 무엇이든 손에 잡히 기만 하면 움켜쥐고 끌어당긴다는 간병인의 설명을 뒤로하고 병원 문을 나섰다. 돌아오는 길.

"나이 들어 각방을 쓰면 저런 위험도 있네."

남편이 기회다 싶은지 한마디 했다. 오래전부터 각방 쓰기 를 고수한 나를 향한 일침인가. 찔끔했다. 이웃해 살던 몇 년간 의 세월이 스크린 화면처럼 지나갔다. 육아로 가장 힘들었던 시기에 도와준 그녀도 음식솜씨가 좋았다. 특히 그녀의 해물 부침개는 어느 전집에서도 맛볼 수 없을 정도의 근사한 작품이

었다. 넓은 도우에 갖가지 해물을 아낌없이 얹어 익혀낸 그것
은 바다를 머금은 듯 혀 위에서 물보라를 일으켰다. 은근히 그
집 제삿날이나 명절이 기다려질 정도였다. 그녀는 남편이 좋아
한다며 제사음식과 함께 손이 많이 가는 해물 부침개를 반드시
만들었다. 제사 후 단 둘뿐인 형제가 술안주를 한다고 했다. 그
럴 때면 아예 넉넉하게 만들어 서너 장 남겨 놓았다가 이튿날
이웃 여자들을 불러 후속으로 잔치를 벌였다.

"창피하고 분통이 터져 죽고 싶어요. TV에서나 보던 일이
내게 닥칠 줄은 생각조차 안 했는데…."

수진 아빠가 말했다. 화목하던 집안에 환자가 생기자 가족
의 생활은 속절없이 무너졌다. 병원 뒷바라지에, 사업에, 동분
서주하며 잠시 맡겨놓았던 회사를 동생이 가로챘다고 했다. 화
공약품을 수입 또는 제조해 유리공장에 납품하는 회사였는데,
짧은 기간 동생이 거래처를 본인 앞으로 돌려놓고, 공장까지
명의변경을 해버렸단다. 믿었던 피붙이가 어려운 시기를 이용
해 배신한 거라고 했다. 무척 우애가 깊었던 형제였는데…. 안
타까웠다. 돈 앞에는 가족도 형제도 없는 모양이었다. 결국 형
제간 소송으로 번졌다며 아무것도 모른 채 멀뚱멀뚱 앉아 있는

아내를 향해 수진 아빠는 '저렇게 살 바엔 차라리 죽는 게 낫지 않겠어요?' 해서는 안 될 말까지 했다. 그를 더 힘들게 하는 건 6개월마다 병원을 옮겨 다녀야 한다는 거란다. 비싼 검사비가 필요 없는, 몸은 살아있어도 뇌가 고장 난 환자들은 같은 병원에 6개월 이상은 입원이 허락되지 않는다고 했다. 새롭게 알게 된 사실이었다. 끝이 없는 병원 순례와 소송이라는 전쟁에서 그는 미리 항복을 선언했다. 그러고 보면 시골 큰아버지가 남편이 유일하게 부모로부터 물려받은 손바닥만 한 마산 땅 37평에 대해 욕심을 보였던 건 새 발의 피라는 생각마저 들었다. 남편의 중학교 합격 기념으로 쌀 20가마 값에 구입한 학교 옆 밭뙈기. 훗날 결혼해 집을 지어 살라고 부모님이 남편의 이름으로 산 그곳은 오랜 시간이 지나 도심 한복판이 되었다. 오래전 신혼여행에서 돌아온 남편이 나의 손목을 잡고 끌고 가 보여주었던 그곳엔 긴 시간 방치한 탓으로 누가 심었는지도 모를 사과나무에 사과가 주렁주렁 달려 있었다. 이후 그 땅에 대해선 어떻게 됐는지 가 보지도 물어보지도 않았다.

여러 번 이사했다. 그중 가장 기억에 남는 동네는 단연 기자촌과 그 이웃들이다. 지금은 가 보고 싶어도 흔적조차 사라진 마을. 내 기억 속에서만 존재하는 마을이 되어버려 무척 안타깝다. 그 마을을 지금껏 잊지 못하는 건, 처음으로 내 집을 마련했던 곳으로 지나가 버린 젊음이 그리워서였을까. 유세차가 올라오지 않는 마을. 곳곳에 기자들이 포진해 있어 한마디라도 삐끗 잘못 말했다간 언론의 집중 공격을 받을까 두려웠을까. 하여 내가 살았던 15년간 여러 번의 선거를 치렀지만 마을 위로 유세차가 올라오는 걸 본 기억이 없었다. 이번 선거에선 누가 마지막으로 웃을까?

둥지

이번 여름휴가에는 동해안 일대를 돌자고 막내가 전화를 했
다.

─동해안?

수연은 부엌에서 저녁 준비를 하다가 물 묻은 손으로 핸드
폰을 받았다. 저녁이래야 겨우 두 식구니 소꿉장난 수준이었
다. 아이들이 제각각 직장을 잡아 객지 생활을 한 뒤론 저녁은
거의 각자 밖에서 해결했다. 일주일에 한두 번 정도가 고작인
저녁 준비인지라 수연은 어쩔 수 없이 정성을 들였다. 냉동 조
기를 해동해 굽고, 묵나물을 무쳤다. 지난주 물에 불려 삶아둔
거였다. 제철 채소인 가지도 잘라서 구웠다. 두 사람 모두 시골
에서 자란 탓인지 좋아하는 음식이 거의 같아 다행이란 생각이

들었다. 가지는 엄마가 해주던 방식 그대로 살짝 쪄서 양념간장에 묻힌 것도 좋았지만, 몇 해 전 고추방앗간 여주인이 알려준 방식이 훨씬 맛있었다. 4센티 정도 길이로 두껍게 잘라, 프라이팬에 살짝 구워 켜켜이 양념간장을 끼얹으면, 가지에서 나오는 물이 한 방울도 밖으로 새 나가지 않아 씹으면 달콤한 맛이 입안에 번졌다. 그 후 수연은 여름이면 지천으로 나오는 가지 반찬을 자주 해 먹었다.

─응, 지난번 여름휴가 때 올여름에는 국내 여행으로 하자고 했잖아.

막내의 대답에 수연은 잠시 생각에 잠겼다가 굽던 가지를 뒤집었다. 한여름 무더위가 가지를 쑥쑥 자라게 했는지 길이가 30센티가 넘는 것도 있었다.

올여름은 유난히 무더웠다. 예년엔 30도만 넘어도 더워죽겠다던 사람들이 연일 37도를 넘는 폭염에 30도는 코끼리 코에 비스킷 정도로 여겼으나 근 한 달여 밤에도 섭씨 33도를 웃돌자 밤잠을 이루지 못하고 있었다.

─집 밖을 나가면 더위에 고생만 할 텐데.

불 앞에서 가지를 굽던 수연의 얼굴에서 땀방울이 비처럼 뚝뚝 떨어졌다. 에어컨을 켜도 부엌과 거리가 멀어 선풍기 바람에 의지한 부엌의 열기는 금세 수연을 지치게 했다. 어차피 밥은 먹어야 할 테고, 차라리 집에서 지내는 것보단 밖에서 사 먹는 것도 폭염을 피하는 좋은 방법이라는 생각이 들긴 했다.

─회사 수련관 잡아놨어.

막내의 말에 수연은 그곳이라면 편하게 다녀올 수 있겠단 생각이 들었다. 아이들이 어렸을 때 한 번 다녀온 적이 있는 그 곳은 예전에 자신이 다녔던 회사의 수련관이기도 했다.

─성수기라 잡기 힘들었을 텐데 용케도 잡았네.

수연이 반색하며 추켜세우자 막내가 약간 거드름을 피우며 자랑했다.

─작년 여행 때 큰언니 다리가 아프다고 이번 여름휴가 땐 국내 여행으로 하자고 해서 미리 잡아놨는걸.

티브이에선 연일 열대야로 밤잠을 못 잔다고 떠들어댔다. 111년 만에 찾아온 폭염이란다. 밤새 에어컨을 켜놓고 눈을 붙 여도 금방 잠이 깨 숙면을 취한 지 언제였던가 싶었다. 이날 수 연은 처음으로 깊이 잤는데, 모처럼 만들어 먹은 집밥 때문인 듯했다. 수연은 밤새 위장 안에서 보라색 가지가 불을 밝혀 타 는 느낌을 받았다. 누군가 보라색 식품이 몸에 좋다고 하는 소 리를 들은 때문인가.

오 남매는 지난해 초 백 세를 거의 채우고 돌아가신 엄마의 장례식장에서 약속했다.

—누나, 이제 마지막 연결고리인 엄마도 떠났으니 남매계를 만들자. 일 년에 한 번이라도 의도적으로 만나 우애를 다지는 게 어때?

하나뿐인 남동생의 제안이었다. 그러잖아도 서로들 바빠 애써 기회를 만들지 않으면 몇 년 걸려도 얼굴 보기 어려울 텐데 좋은 아이디어란 생각이 들었다.

—그래, 그러자.

밤을 밝혀 장례식장을 지키던 오 남매는 일사천리로 찬성했다. 엄마가 없으니 부러 명칭을 만들지 않으면 자주 만날 일이 없고, 함께 시간을 보낼 일이 거의 없으니 일 년에 한 번씩 여름휴가를 함께 하자고 약속했다. 다섯 쌍이 한 달에 얼마씩 기금을 내어 돈을 모은 뒤 그걸로 경비를 충당하기로 했다. 종잣돈은 남동생이 큰돈을 쾌척했다. 엄마 장례비에 쓰고 남은 적지 않은 돈을 몽땅 내놓은 것이다. 적금에 넣고 매월 부부 10만 원씩 붓기로 했다.

20년도 훨씬 전, 엄마의 요구로 남매 계를 만든 적이 있었다. 지금처럼 매월 일정액의 돈을 적립해 함께 여행도 가고, 맛난 음식도 사 먹으며 우애를 다지라는 취지였다. 4년여를 꼬박꼬박 회비도 내고 잘 굴러갔다. 일이 터진 건 엉뚱한 곳에서였다. 어느 날 농담 삼아 수연이 총무를 맡은 막내에게 물었다.

―우리 감사 한 번 해볼까. 수입과 지출이 어케 되나?

막내가 실토했다. 지금껏 한 번도 회비를 내지 않은 사람이 있다는 거였다. 언제나 그 한 사람이 문제였다. 맏이인 언니가 한 번도 회비를 내지 않았던 것이다. 총무를 맡은 막내가 수연의 닦달에 그 자리서 전화했다.

―언니 회비 좀 내라. 언니는 제일 잘 살면서 왜 회비를 안 내?

막내의 채근에 언니의 대답은 늘 같았다.

―아, 깜빡했네, 내일 꼭 넣을게.

그러기를 4년간 이어갔다. 더는 약속 이행이 안 되자 다른 형제들도 신명이 줄었다.

―우리도 이제 계속하지 말고 끝내자.

마침 셋째가 주식을 하다가 얼마의 돈을 날린 걸 기화로 적립된 돈을 그쪽으로 밀어주고 파투를 냈다. 다음번 명절에 만난 언니가 가관이었다. 자신은 한 번도 회비를 내지 않았으면서 모인 곗돈을 셋째에게 밀어주었다며 태클을 걸었다.

─언니가 그 돈에 대해 왜 왈가왈부해. 언니는 말할 자격이 없잖아. 우리가 모은 돈 누굴 주든 무슨 상관이야.

싸늘한 수연의 말에 언니는 더이상 참견을 멈췄다. 그로부터 20년이 훨씬 지나 다시 논의가 된 남매 계였다.

첫해인 작년엔 다낭을 다녀왔다. 계절에 맞지 않게 여름에 다낭이라니. 엇박자이긴 해도 중국이나 일본은 모두 다녀온 장소라 새롭게 고른다는 게 당시 유행하던 다낭이었다. 각자 가정을 지키고 애들 키우느라 형제들이 함께 여행한 건 몇 십년 만에 처음이었다. 이미 은퇴한 수연네만 빼고 모두 현역에 있는 관계로, 여름 휴가철이 아니면 날을 잡을 수가 없었다. 겨우 일주일을 잡았다. 다낭에서의 여행 중 가장 좋았던 건 바나힐 국립공원이었다. 형제들이 같은 케이블카를 타고 쉼 없이 지나가는 푸른 산 협곡을 내려다보며 한마디씩 했다.

─이야!. 어떻게 이런 긴 케이블카를 만들 수 있을까.

─그러게, 인간의 한계는 어디까지일까.

─정말 굉장하다.

등, 긴 시간 아래를 내려다보며 저마다 한마디씩 느낀 감상을 말했다. 느닷없이 언니가 네 명의 사위들에게 말했다.

—자네들 장가 잘 왔네. 우리 집에 장가왔으니 이런 곳 구경도 오고 마누라 잘 얻은 줄 아소.

농담을 했다. 기분이 좋아진 사위들은 하나같이,

—좋아요.

—맞아요.

맞장구를 쳤다. 수연이 남편만,

—다른 여자에게 갔으면 더 좋은 곳 갔을 텐데요.

찬물을 끼얹었다. 농담이지만 그 말이 뇌리에서 떠나질 않아 올여름엔 빼고 가려고 별렀는데 아무 생각 없는 남편은 5월부터,

—우리 여행 언제 간대?

물어 어이가 없었다.

—다른 여자에게 갔으면 더 좋은 곳 간다며?

장소를 정하고 숙박할 곳을 마련하는 건 막내 차지였다. 1년 전부터 신경을 쓴 모양이었다.

—이번 언니 회비는 어떻게 됐지?

수연의 물음에 전화기 너머의 막내에게선 아무런 대답이 없었다.

─또 안 낸 거야? 이번엔 분명히 받아. 이번에 받지 않으면 나도 함께하지 않을 거야.

수연이 엄포를 놓았다. 애꿎은 막내에게 잔소릴 이어갔다.

─언니는 매번 그런 식이야. 너, 센존이라는 메이커 아니? 지난번 여행 때 언니가 입고 온 것, 그거 모두 센존과 샤넬이래. 샤넬은 가방만 있는 줄 알았는데 여성 의류도 나온다더라. 자신에게는 몇백만 원짜리 옷을 휘감고 다니면서 어째서 형제 곗돈 몇만 원을 안 내니? 가장 잘 살고 자식들도 모두들 부러워하는 좋은 직장의 전문직으로 아무 걱정 없다고 자랑질만 해대면서….

끝도 없이 이어지는 흉보기의 마라톤에 막내가 슬그머니 제동을 걸었다.

─작은언니, 아무리 그래도 우리 언니잖아.

놀란 시늉을 한 수연이 맞받아쳤다.

─애, 난 그런 언니 정말 싫다. 이제부터 나도 더이상 마음 상하지 않고 내 기분에 맞춰서 살련다. 언제까지 나만 양보하고 뒤에서 속상해하면서 살지 않으려고.

—제발 그렇게 좀 살아라.

막내의 지청구에 수연이 다시 한번 마음속으로 힘찬 다짐을
했다.

남편은 거실 소파에 앉아 레슬링 중계를 보다 코를 골고 있
었다. 그는 요즘 눈만 뜨면 권투경기나 레슬링 중계 프로를 켰
다. 환갑이 넘었건만 여전히 주먹 쥐고 피를 흘리며 싸우는 장
면을 좋아했다. 더욱 기가 막힌 건 티브이를 켠 지 5분도 지나
지 않아 잔다. 수연이 저녁 준비를 하다 고개를 돌려 소파에 앉
아 졸고 있는 남편의 얼굴을 물끄러미 쳐다보았다. 젊은 시절
그렇게 얼굴 보기가 힘들었는데, 지금은 눈만 뜨면 낯선 노인
이 자신의 얼굴을 마주 보고 있어 깜짝깜짝 놀라곤 한다. 100
세 시대라고 방송과 보험설계사들은 떠들어 대지만 나이 60이
넘으니 온갖 신체기능이 정지되고 퇴화해가는 걸 수연 자신도
실감했다. 밤새도록 술을 마시고 새벽에 귀가해선 자기가 세상
에서 가장 일찍 퇴근하는 사람이라며 어깃장을 놓던 사람이었
다.

—힘도 없는 노인이 어쩌자고 매번 주먹 쥐고 싸우는 장면
만 봐요 글쎄, 함께 앉아 있지도 못하겠네.

보다 못한 수연이 잔소릴 늘어놓으며 제지를 했다.

—흐, 흐, 그럼 뭘 봐? 드라마를 볼 수도 없고.

정말 아무것도 볼 것이 없는 양 느물거렸다.

—'다큐'나 '자연에 산다' 뭐 그런 것도 있잖아.

속이 터진 수연이 어린애에게 하듯 티브이 프로그램까지 알려주어야 했다.

국내 여행을 시작하기 전 막내가 수연에게 요구했다.

—언니 우리도 이제 어느 정도 나이도 먹었으니 슬슬 정리하는 의미로 핏줄 챙기기에 나서는 건 어떨까? 갑작스레 큰 수술을 받은 막내는 세상을 달리 보기 시작했다. 생명에 시한이 정해진 게 없다는 것, 언제 무슨 연유로 갑자기 생을 마감할지도 모르니 살아생전 사람의 도리랄까 뭐랄까 해야지, 죽고 나서 '그 인간 참 잘 못 살았어' 하는 소릴 듣지 않으려면 적당히 주변 사람들과 친분도 쌓고 베풀면서 살자고 했다. 막내의 선행 쌓기에 어거지로 뽑힌 게 내키지 않았지만, 수연이 극구 뿌리치지 않은 건 평소 엄마의 행적을 눈여겨본 탓이기도 했다. 생전 엄마는 몇 년에 한 번씩 스님이 된 손자를 몰래 찾아가는 듯했고, 아버지의 유일한 혈육인 막내 고모를 챙겼다.

집안 행사차 울산에 간 김에 통도사에 있는 조카를 찾아가기로 했다. 조카는 서른을 채우지 못하고 세상을 뜬 오빠의 아들이었다. 출가한 조카는 막냇동생보다 한 살 아래였는데 대학 졸업 후 곧바로 출가해 30년이 넘도록 통도사에 머물고 있었다. 선방 스님이라고 일생을 절을 옮겨가며 공부만 하는 학승이라 했다. 무슨 연유로 세상을 등지고 산속으로 들어갔는지는 본인만 알고 있을 뿐, 누구도 묻거나 알려고 하지 않았다. 몇 사람을 거쳐 조카의 법명을 알아냈다. 다행히 본 절에 있었다. 미리 전화를 한 탓인지 조카의 전언을 들은 젊은 스님이 암자 입구까지 나와서 기다리고 있었다. 사월 초파일을 앞둔 시점이어서 암자 주변의 작은 소나무나 길옆 나뭇가지에엔 앙증맞은 연등이 주렁주렁 매달려 있었다. 조카가 기거하는 암자는 절의 제일 끝자락에 있었다. 마당에 있는 수돗가에선 신도들이 초파일 행사 준비를 하느라 분주하게 오갔다. 일행을 안내한 젊은 스님이 높다란 툇마루 위의 방을 가리켰다.

─들어가셔서 잠시만 기다리시면 자승스님이 올라오시겠답니다.

합장했다. 방 안엔 앉은뱅이책상, 나무 옷걸이에 정갈하게 반으로 접어 걸어놓은 승복, 다기와 주전자, 차를 끓이기 위한 휴대용 가스레인지 등 간단한 식기들이 비치되어 있었다. 잠시 후 기척이 들리고 장삼을 걸쳐 입은 조카가 얼굴 가득 평온한 미소를 띠고 회색 양말을 신은 발을 문지방 안으로 들어놓았다.

—고모님들, 일 년 중 가장 바쁜 때에 오셔서 기다리시게 했네요.

엄마의 장례식장에서 볼 때와 분위기가 달랐다. '저 애가 정말 스님이 되었구나.'

코끝이 찡해오고 가슴이 먹먹해 계속 눈물이 흘렀다. 조카가 말했다.

—고모, 걱정하지 마세요. 남들이 볼 때는 어떻게 생각할지 모르겠지만 저는 이 생활이 가장 편해요. 인생은 어차피 공수래공수거라고 하지 않아요. 처음엔 저도 무척 방황했지만 이젠 누굴 원망하거나 억울해하지 않아요. 제가 여기 있는 17명의 상좌 중 세 번째로 높은 수제자여서 일생 이곳이 내 집이고, 죽을 때까지 여기서 마음 편히 지낼 수 있으니 아무 걱정 마세요.

—너희 엄마랑 연락은 하니?

수연의 물음에 조카는 아무런 감정도 실리지 않은 목소리로 대답했다.

　─어디서 어떻게 살고 있는지 전혀 몰라요.

　올케는 우리 집안에선 없는 사람이었다. 수많은 말들을 가슴속에 묻고 살얼음 위를 걷듯 위태위태한 선문답 식 대화를 이어갔다. 조카가 끓여준 녹차를 마시고 있는데 중년의 보살이 절에서 만든 거라며 모양도 각양각색인 예쁜 떡을 내왔다. 차를 마시고 본인이 편안하다는 말까지 들으니 막혔던 가슴이 다소 뚫리긴 했지만, 마음 한구석엔 뭐라 형언할 수 없는 슬픔이 밀려왔다. 언제부터 이 아이의 인생이 꼬여 버린 걸까. 오빠의 군 복무 기간 중 출생한 조카는 태어날 때부터 출생 문제로 혹독한 시련을 겪었다. 오랜 세월이 지나 엄마는 남몰래 이곳을 자주 방문했다. 조카는 엄마의 장례식 때 누군가 연락을 했다며 출가 후 처음 우리 앞에 모습을 드러냈다. 좀처럼 내어주지 않는 큰 스님의 목탁을 가져왔노라며 30분 넘게 엄마의 극락왕생을 빌었다. 다음 행선지로 떠나야 할 시간이 되어 형제들이 준비해간 얼마간의 돈을 조카에게 전해주고 절을 나왔다. 절에 열심히 다니는 이의 전언에 의하면 학승은 돈과 거리가 먼 직책이라 용돈이 궁하다고 들어서였다.

곧바로 부산으로 향했다. 양산과 부산은 지척이었다. 절에서 택시로 나와 지하철을 타고 이동했다. 아버지의 마지막 혈육인 막내 고모를 찾아뵙기 위해서였다. 오래전 취업 준비차 부산에 들렀을 때였다. 시간이 없다는 수연에게 고모는.

─마이 무라, 추운데 배고프제?

양은 냄비에 갓 지은 밥과 포기김치를 손으로 길게 찢어 숟가락 위에 얹어 주었다. 40년도 훨씬 지난 일이다. 이후 한두 번 가족 행사 때 보곤 일부러 찾아간 건 처음이었다. 평소 엄마가 하던 연례행사를 대행한다는 의무감으로 내켜 하지 않고 그냥 갔는데, 하마터면 살아생전 고모의 얼굴도 못 볼 뻔했다. 미리 고종사촌에게 전화했더니 예상외로 고모는 요양병원에 있었다. 집에서 임종한 엄마와 같이 자신도 집에 있고 싶어 했지만, 자식들이 데려가지 않는다며 수연네들을 보고 하소연했다. 88세의 고령임에도 기억력이 여전한 고모는 지난 일들을 소상하게 기억하고 있었다.

─너네 엄마는 딸들을 잘 둬 집에서 편안하게 살다가 죽었다며?

아들이 옆에서 지켜보고 있는데도 큰 소리로 말했다. 같은 방에 있던 할머니들의 시선이 일제히 쏠렸다. 공연히 눈치가 보였다. 하지만 친정 조카들인 우리가 요즘 세상에 무엇을 할수 있단 말인가. 수연이 넌지시 고종에게 물었다.

─고모를 집으로 모실 생각은 없니?

고종은 난처한 얼굴로 고모의 보행이 자유롭지 못해 집에서 모실 수가 없노라 했다.

─요양등급을 받아 간병인을 쓰면 되는데 등급은 받아 보았어?

등급을 받을 줄도, 받을 생각도 못 했다고 했다. 원인은 딴데 있는 것 같았지만 남의 가정사에 '감 놔라 배 놔라' 할 수도 없는 일이었다. 집안에서 여주인이 호응하지 않으면 아들이 아무리 효자라고 해도 부모의 청을 들어주기는 곤란한 세상이라는 생각이 들었다. 남들이 보기에는 집에서 편안하게 모시다 임종한 줄 알겠지만 수연 엄마의 경우에도 마지막 몇 달은 자식들 간의 작은 갈등이 있었다는 걸 고모가 알 리가 없었다. 가지 않은 것만 못한 핏줄 순례가 끝나고 집으로 돌아오는 길은 고모가 계속 깡마른 주먹으로 가슴을 탕탕 치며,

─내가 이런 대접을 받으려고 자식들을 키우진 않았는데.

하는 말이 뇌리에서 떠나지 않아 가슴이 아팠다.

국내 여행 첫날은 막내 회사의 수련관으로 갔다. 수련관이 있는 경주는 오래전 아이들 학교 숙제로 엄마들과 단체로 간 적은 있었지만, 가족여행은 처음이었다. 보문단지 내 수련관은 둥근 원형으로 만들어 빙 둘러 객실이 있었다. 방은 2개씩이었다. 큰방은 열 명이 자도 될 만큼 넓었고 이부자리도 깨끗했다. 수영장에, 목욕탕, 노래방, 탁구장 등 간단한 놀이시설이 두루 갖추어져 있어 굳이 외부로 나가지 않아도 될 정도였다. 놀기 편한 큰방은 남자들에게 주고 여자들은 작은방을 썼다. 각자 가정을 지키며 아이들 키우느라 한꺼번에 같은 방에서 자는 건 처음이었다. 밤새 이야기꽃을 피웠다. 어릴 때 함께 했던 산나물 채취나, 겨울이면 집 앞 무논에서 아버지가 만들어준 스케이트 타던 일, 가을이면 집 울타리를 둘러싼 감나무에서 감따기 등, 지난 시간의 일들은 미처 몰랐던 것들과 잘못 기억하고 있는 것들도 많았다. 3일간 경주의 유적을 둘러보고 4일째는 동해안을 따라 바닷가로 이동했다. 울진에서의 게 요리, 특히 영덕의 '미주구리'회는 그 지역에서만 나오는 물가자미 회로 흰 생선 살에 각종 야채를 곁들이고 새콤달콤하게 무쳐서 먹는 맛이 제격이었다. 7만 원어치라는데 10명이 몽땅 먹어도 남을 정도로 많은 양에 맛도 좋았다. 주문은 셋째 매제가 했다.

몇 년 전 이곳에서 근무한 경험을 살려 맛집 안내는 물론, 숙소를 잡고 관광 안내까지 자신이 알고 있는 것을 총망라해 앞장섰다. 하지만 사람이 모이면 언제나 불평하는 사람이 생기는 법이다. 죽변항의 숙소를 화장실 두 개로 알고 예약했는데 3층 방 안에 하나, 나머지 하나는 상가건물 1층에 있는 공동 화장실이었다.

－아니 화장실이 두 개라더니 그것도 같은 층에 있는 것도 아니고 공용화장실이 아닌가? 자네 화장실 이런 거 확인해 보고 잡았어?

남동생이 소리부터 질렀다. 막내가 수연의 귀에 대고 속삭였다.

－누가 군 출신 아니랄까 봐?

그렇지 않아도 맛집 안내며 숙소예약까지 고생한 매제를 생각하고 미안한 마음이 들었는데 의외였다. 술상이 차려지자 화장실 소동은 언제 그랬냐는 듯 남자들은 술과 회무침, 남동생이 가져온 양주로 밤늦도록 시끌벅적했다. 아침에 일어난 남동생이 말했다.

－아휴 간밤에 한잠도 못 잤어. 누가 그렇게 코를 심하게 고는지 원.

뜨끔했다. 코 고는 사람은 단연 남편으로 술을 마시면 천둥 치는 소리에 어느 땐 숨이 멎기도 해, 처음엔 심장마비로 죽은 줄 알고 몇 번인가 뺨을 때린 적도 있었다. 작년 해외여행 땐 부부 각자 방 하나씩을 잡아 잤으니 별문제가 없었지만 이번 여행은 수련관 3일을 빼고 무작위로 동해안을 돌기로 한 게 화근이었다. 그 사람을 알려면 함께 여행을 가봐야 한다는 말이 실감 났다. 저녁엔 죽변항에 산책하러 나갔다. 방파제에서 여남은 명의 사람들이 군데군데 모여 서서 낚시하고 있었다.

─많이 잡았어요?

다가가 물었다.

─예, 보세요. 던지면 걸려 나오니 이거 정말 재미있는데요.

변변한 장비도 없이 낚싯대에 미끼만 달았는데 비닐봉지에 담긴 물고기가 제법 많았다.

─우리도 해보자.

마침 셋째의 차에 낚시도구가 있다고 했다. 간단한 미끼를 달아 방파제에서 물을 향해 던졌다. 금세 손가락 크기의 물고기가 달려 올라왔다. 크기에 상관없이 은빛을 받으며 달려 올라오는 것을 보는 것만으로도 재미있는데, 직접 낚싯바늘에 꿰어 올라오는 손맛을 느낄 땐 얼마나 짜릿할까.

─많이들 잡으슈, 우린 올라가서 고스톱 칠 테니.

여자들은 낚시에 정신이 팔린 남자들을 두고 숙소로 돌아왔다. 숙소라고는 해도 상가건물을 개조해 방만 크게 만든 구조라 창문을 열면 낚시를 하는 남자들이 보였다. 배는 부르고 심심해진 셋째가,

─우리 윷놀이하자.

제안했다. 자기 시집에선 명절날 가족이 모이면 형제들이 고스톱 대신 윷놀이를 해서 안주랑 술을 산다고 했다.

─울 엄마도 윷놀이하는 걸 좋아했는데.

막내가 말했다. 엄마는 명절날 자식들이 모이면 매번 거절을 당하면서도 자신이 직접 만든 싸리 윷가락을 보자기에서 꺼냈다.

─애들아, 그냥 잠만 자거나 티브이만 보지 말고 윷놀이해라.

그러기를 수 차례 했지만, 소원을 들어준 건 고작 한두 번이었다. 코끝이 찡해왔다. 그 쉬운 소원 하나 들어주지 못하고 언제까지나 엄마가 살아 있을 줄 알았다. 돈을 달라는 것도 아니고, 그냥 자식들이 모여 윷놀이하는 걸 지켜보는 게 낙인 엄마의 소원을 아예 생각조차 안 하고 티브이나 낮잠으로 일관했던

지난날이 후회되었다.

　─그래 우리 윷놀이하자.

　낚시에서 돌아온 남자들과 열 명이 반반씩 패를 갈라 윷놀이를 했다. 윷판 놓는 걸 보면 그 사람의 성격을 알 수 있다고 했다. 상대방은 안전한 길로 하나하나 승부를 하는데 남자들이 많은 이쪽 편에선 항상 두세 대씩 업고 가다가 번번이 몽땅 잡히고 말았다.

　─언니 크게 한번 던져 봐요. 어쩌자고 매번 깔짝거리다 도만 나오게 해.

　통 큰 셋째가 소리쳤다. 올케는 던졌다 하면 모가 나왔다. 누군가 '제기랄'했다.

　─그렇게 던지지 마세요. 낮게 굴리듯이 그렇게 하면 반칙이에요.

　수연은 한 번도 모를 던져 보지 못하고 판돈만 잃었다.

　─막내야. 너 나가서 통닭과 맥주 사 와라.

　마지막 날엔 차를 돌려 울진으로 되돌아갔다.

　─우리 종갓집 가볼까. 셋째가 제안했다. 몇 년 전 제부의 파견근무 때 갈 곳이 없어 부부가 함께 가봤다고 했다.

─종부란 여자가 냉랭한 얼굴로 물 한잔 안 주더라.

이번엔 아예 음료수를 한 박스씩 사 들고 갔다. 하지만 오래된 ㄷ근자 기와집엔 아무도 없었다. '울진군 문화재'라는 팻말만 덩그마니 기둥에 붙어있었다. 사위들은 별로 재미가 없는 듯 멀찍이 나무 밑 그늘막에 앉아 있었다. 처갓집 종택은 보고 싶지 않은 모양이었다.

─형님, 우리 종갓집에는 항상 사람이 있는데요.

둘째 매제가 말했다.

─그러게, 우리 종택에도 항상 사람이 있는데.

40년을 훌쩍 넘게 함께 살아온 남편이 마누라 친정 깎아내리기에 열을 올렸다.

─그럼 우리 서원에 가보자.

셋째가 뽀루퉁한 얼굴로 권유했다. 20여 분을 달려 평해에 있는 서원으로 향했다. 일 년에 한 번 기제사를 지내는 서원은 엄청나게 크고 잘 가꾸어져 있었다. 몇천 평의 넓은 대지에 군데군데 관리되어 있는 정자와 연꽃밭만도 여러 곳이었다. 담 밑으로 줄지어 세워진 공덕비에는 직계 조상들의 행적이 새겨져 있었다. 잘 가꾸어진 잔디, 한참을 돌아도 시원한 연밭, 눈이 시원했다. 투덜거리던 사위들이 조용해졌다.

─엄마는 일 년에 한 번 기제사를 지낼 때 꼭 왔는데.

막내가 말했다. 수연은 처음이었다. 마지막으로 울진 온정의 백암온천으로 향했다. 남동생이 말했다.

─우리가 살던 집에 가보자.

수연이 백암온천에 처음 간 건 초등 4학년 때였다. 셋째를 업은 엄마를 따라 겨우 초등학교에 입학한 남동생을 앞세우고 서였다. 막내는 태어나기도 전이었다. 아버지가 사업을 시작하면서 미리 가 살 집을 마련한 후였다. 태어나 처음 고향을 떠나는 두려움과 설렘을 안고 엄마를 따라나섰다. 평해읍까지는 버스를 타고 나머지 20릿길은 걸어서 갔다. 천리만큼이나 멀었다. 버스 하나가 겨우 다닐 정도의 외길로 간혹 달려오는 자동차라도 마주치면 놀라 가파른 길 양옆으로 비켜서야 했다. 버스는 아침저녁 하루에 두 번 다녔다. 1시간은 족히 걸었으리라. 구불구불 이어진 고갯길을 따라 모퉁이를 도니 앞이 확 트이는 동네가 나타났다. 온천장 건물이 숲속에 얌전히 자리 잡고 있었다.

─이야, 2층 양옥집도 있네.

남동생이 환호성을 질렀다. 사진이 아닌 실물을 보는 건 처음이었다. 벽돌로 된 일본식 온천장은 일제시대 일본인 사업가가 온천을 발굴해 지은 현대식 건물이었다. 온천 물줄기가 내려오는 산 이름을 따 '백암온천'이라 했다.

─옛날 포수의 화살을 맞은 사슴이 물웅덩이에 다리를 적시곤 멀쩡하게 달려갔다는 소문에, 일본사람들이 처음 현대식으로 개발해 만든 것이라는 엄마의 설명이 기억났다. 온천장의 유래를 찾아보니 사슴이 활을 맞고 다친 다리를 온천물에 담가 고쳐서 달아났다는 건 일치하는데, 시대적 배경이 각각이었다. 효험은 같았다. 만성 피부염, 관절염, 신경통, 금속중독, 동맥경화, 당뇨병, 기관지염, 변비, 거의 만병통치약이었다. 해가 지고 어둠이 덮쳐 올 때면 엄마가 소리치곤 했다.

─수연아, 전깃불 켜라.

수연이 태어나 살았던 고향마을엔 전기가 없었다. 천장에 매달린 둥근 소켓을 살짝 옆으로 돌리면 찰깍 소리와 함께 반짝 빛이 들어왔다. 처음 보는 전깃불은 신기하고 눈부셨다. 자주 꺼지는 백열등이었지만 어두컴컴한 호롱불 밑에서 책을 읽던 예전과 달리 환한 전깃불 아래서 책을 읽을 수 있게 된 것이 꿈만 같았다. 새로운 친구들을 만나 낯선 동네의 이야기를 듣는 것도 흥미로웠다. 당시엔 김이 무럭무럭 나는 온천물이 지천으로 흘렀다. 여자들은 도랑처럼 파놓은 웅덩이에 둘러앉아 빨래를 했다. 온천에서 태어나 자란 아이들은 하나같이 이빨이 누렇게 착색이 되어 있었다. 온천물에 함유된 유황 성분 때문이라 했다.

어느 날이었다. 마을 공터에서 아이들과 놀고 있는데 머리에 붉은 수건을 질끈 동여맨 청년들로 가득 찬 트럭이 마을로 줄이어 들어왔다. 면사무소 앞에서 우루루 내린 청년들은 소리를 지르며 면장을 찾아 주변을 샅샅이 뒤졌다. 잠시 후 그들은 또다시 트럭을 타고 급히 어디론가 이동했다.

―어제 두들겨 맞은 면장이 다행히 죽지 않고 눈을 다쳐 장님이 되었다죠?

―아니, 도망갔다는데.

이튿날, 마을엔 확인되지 않은 소문으로 흉흉했다. 무슨 일인가 영문을 몰랐는데 그것이 4·19혁명이라 했다. 지금처럼 통신이 발달하지 않던 시절, 오지에서 미처 소식을 접하지 못한 면장이 피하지 못해 변을 당한 거라는 둥 소문은 꼬리를 이어갔다. 이후 면사무소엔 다른 면장이 오고 장님이 됐다는 면장의 소식은 영영 듣지 못했다.

백암온천에서의 아버지 사업이 화폐개혁으로 망하고 고향

으로 돌아온 뒤 10년이 지나 대구에서 직장에 다닐 때였다. 습진이 생겨 병원 약도 듣지 않고 무척 힘들었다. 어릴 때 잠시 살았던 온천 생각이 났다. 휴가를 내어 갔다. 삼일을 밥만 먹고 온천물에 몸을 담그고 있었더니 거짓말처럼 습진이 사라졌다.

다시 찾아간 그곳에 수연이 예전 살던 집은 흔적도 없이 사라지고 대신 5층 건물이 그 자리를 지키고 있었다.

아버지 기일이었다. 엄마는 죽기 몇 해 전부터 자신이 주관하던 제사를 올케의 종교인 예배로 대체하라고 양보했다. 평소의 제사 때처럼 음식을 준비한 뒤 절 대신 예배를 드리는 형식이었다. 음식을 준비한 올케는 세 종류를 빼먹었다. 급히 마트에 달려가 마무리 했다. 긴 예배 시간이 끝나고 큰조카가 말했다.

─고모, 이제 우리도 추도식 끝나고 그냥 밋밋하게 있지 말고, 고인이 살아생전에 했던 말이나 있었던 일 같은 걸 기억에서 불러내 얘기하는 게 어때요.

진즉 그런 생각은 하고 있었지만 매번 기도 시간이 끝나면 곧바로 준비한 음식을 먹고 빨리 끝내느라 그 생각을 못 했다. 큰조카가 덧붙였다.

─나도 아이 아빠가 되어보니 조상들에 대한 생각이 다른

때보다 남다르더라고요. 애들에게도 뭔가 조상들의 이야기를 해줘야 할 것 같고.

남동생이 말했다.

—우리 아부지, 일본서 돈 벌어와 대구 땅을 사려고 했는데 할아버지가 독 안에 넣고 묻어 못 샀다고 하더구만.

처음 듣는 소리였다. 아니라고 말할 수도 없었다. 숨을 죽이고 가만히 듣고만 있는데 내용은 점점 부풀려졌다. 올케가 곁다리를 꼈다.

—그럼 그 많던 돈을 다 어떻게 했대요.

—독에 묻어놓고 있는 사이에 화폐개혁이 된 거래. 그래서 휴지가 되어버린 게지. 그 돈으로 땅을 샀으면 군 전체를 몽땅 사고도 남는 돈이었대.

수연이 기억하기론 당시 고향마을의 온천을 사려고 했는데 할아버지가 일본 놈들이 다시 들어와 빼앗아 갈 거라고 못 사게 했다며, 죽을 때까지 할아버지를 원망하는 아버지를 보긴 했다.

—내가 들은 건 온천을 못 산 것까지다.

수연이 말했다. 남동생은 누구에게서 독 안에 묻은 지폐 이야기를 들었을까. 그렇게 신화는 만들어지는가 보다.

시험 감독하는 날

여자는 일주일 전부터 마음이 분주했다. 지난 5년간 한 번도 거르지 않았던 딸아이의 시험감독 때문이었다. 40을 훌쩍 넘겨 어렵게 얻은 여자의 딸은 전국에서 공부 많이 시키기로 소문난 강남의 S 여고 2학년이다.

평생 '엄마' 소리 한번 못 듣고 일생을 마칠 줄 알았던 여자가 남녀 쌍둥이를 낳았을 때 나이도 놀랍지만, 이란성이란 점 때문에 일간지에서 취재를 하려 들어 애를 먹었다. 기를 때 힘이 드는 쌍둥이는 '기쁨도 두 배'라는 선물로 되갚아 주긴 했다. 옷을 살 때 먼저 예쁜 딸아이 옷을 고르고, 다시 똑같은 상표의 아들의 옷을 고르는 소소한 재미, 외출 때 같은 모양의 색상만 다른 각자의 옷을 입혀 나란히 양손을 잡고 거리에 나서면, 모든 사람들의 시선이 자신의 아이들에게로만 쏠리는 듯한 뿌듯함은 착각일지라도 경험해보지 않은 사람은 모를 일이었다.

입학 후 학부모 모임 때도 마찬가지였다. 초등학생 땐 보살핌을 이유로 학교에서 부모가 원하면 같은 반에 넣어주는 배려를 해주었고, 중학교부터는 남학교와 여학교를 따로 다니게 되어 각기 다른 경험을 했다. 학부모 모임 때 남자아이 엄마들은 초면임에도 거침없이 천방지축인 아들을 흉보고 거친 언어를 사용하는 데 반해, 여자아이 엄마들은 하나같이 엄친 딸들만 있는지, 좋은 점만을 늘어놓아 남녀 쌍둥이를 키우며 그들의 장단점을 체험한 여자를 실소케 했다. 나중에 결혼 말이 오갈 때 흉잡힐까 미리미리 조심하려는 건가.

여자의 아들은 매사 태평인 성격으로 공부엔 별 관심이 없었다. 치열하게 학원에서 학교로 돌아치는 동네 다른 아이들과는 반대였던 아들이 고등학교 입학 후엔 날아갈 듯 가볍게 걸어 다녀 물어보았다.

"무슨 좋은 일이라도 있니?"

확신에 찬 아들의 대답이 걸작이었다.

"공부만이 인생의 전부가 아니야!"

싱글벙글, 드디어 자기가 평생을 바칠 대상을 찾았단다. 당시 한창 주가를 올리던 마술사 이은결, 최현우를 이을 당대 최고의 마술사가 되겠다나. 이후 아들은 밤잠 안 자고 연습을 하며 마술 도구를 사들이더니 이름도 생소한 '마술부장'이 됐다. 반면 새침데기 1분 누나는 공부를 곧잘 했는데, 느닷없이 미대를 가겠다고 선회해 여자를 혼란에 빠트렸다. 1분 차이로 태어난 동생과 누나가 '마술과 미술'을 하려 드니 세상일은 알다가도 모를 일이었다.

***

여자가 태어나 자란 곳은 군 소재지에 중고등학교가 하나뿐인 곳이었다. 그래서일까 아니면 지역 자체가 고지식하고 '남존여비 사상'이 투철한 곳으로 유난히 갓 쓴 할아버지들이 많았다. 여자는 초등학교를 졸업하고 한글만 깨우치면 집에서 신부수업을 받는 게 정석이었다. 반세기도 훨씬 전 일이다. 여자는 남녀공학에서 중학교에 다녔다. 면 소재지에 달랑 하나뿐인 최초의 중학교였다. 여자의 아버지를 비롯한 몇몇 뜻있는 사람들이 몇 년 전부터 준비해 설립한 학교였다. 읍내에 하나뿐인 중고등학교는 하루에 서너 번 다니는 차편으론 등하교가 어려웠다. 하숙을 하거나 의지할 친척 집이 없으면 다닐 수 없었기 때문이었다. 어렵던 시절, 대다수 가정에선 농사지을 일손을 덜어내는 것만도 벅찬데, 하숙비에, 월사금 마련이 쉽지 않았다. 첫 입학생은 75명으로 남학생이 50명, 여학생이 25명이었다. 입학생은 여자를 포함해 그해 초등학교를 졸업한 학생 중 20여 명 정도와, 졸업하고 4, 5년 정도 집에서 농사를 짓거나, 어머니 일을 돕던 나이가 열여덟, 열아홉 살 된 처녀 총각들이었다. '개도 농사철엔 일을 돕는다'는 시골에서 그나마 책상에 앉아 공부한다는 것 자체가 특권이던 시절이었다. 몇 년에 걸쳐 교육청에 건의하고 기금을 모아 여자가 초등학교를 졸업하던 해 8월, 드디어 입학식을 하게 된 거였다.

교사校舍도 교사教師도 없이 면 회의실을 교실로 사용했다. 넓은 단층 회의실을 반으로 갈라 왼쪽엔 여학생, 오른쪽엔 남학생이 앉았다. 교장 선생님은 초등학교 교장 선생님이 당분간 겸직하기로 했다. 선생님은 달랑 두 명뿐이었다. 서울에서 Y 대를 나온 토박이 누구네 아들이 영어와 국어를 가르쳤다. 대구에서 K 대를 졸업한 윗마을의 누구네 오빠가 수학과 과학, 나머지 과목을 가르쳤다. 예능만은 어떻게 할 수가 없어 마을 유지들이 대구에서 여자 선생님을 모셔왔다. 음악과 미술을 가르치는 '최○○'라는 여자 선생님은 보기 드문 미인이었다. 자고 깨면 늘 같은 얼굴들만 보던 동네 총각들은 공연히 면 회의실 앞을 왔다 갔다 하며 타지에서 온 여자 선생님 얼굴을 보려고 기웃거렸다. 학생들 대부분은 몇 개의 마을과 골짜기를 지나 몇십 리를 걸어서 다녔다. 입학식 날 큰 잔치도 벌였다. 면민 스스로 각자 부담할 수 있는 돈이나 곡식으로 기부도 했다. 모은 기부금으로 밭을 샀다. 학생들이 직접 고추 농사도 지었다. 고추 농사 땐 늦게 시작한 공부하랴, 농사지으랴, 힘이 들었지만, 집에서 농사일을 돕던 선수들이어서 별 어려움은 없었다. 2년 후 고추밭을 팔아 5,000평 규모의 야산 한 자락을 샀다. 졸업을 앞둔 해 드디어 교육청의 지원을 받아 야산 기슭에 교실 6개와 교무실 하나의 작고 아담한 교사校舍를 마련했다. 첫해 입학한 늙은 학생들은 새 교실에서 공부해 보지도 못했다. 하지만 줄줄이 뒤따라오는 동생들이 혜택을 볼 것을 생각해 모두들 신이 났었다. 3년 뒤 어렵게 입학한 1회 졸업생은 달랑 25명뿐이었다.

도시락은 시커먼 보리밥에 김치가 고작이었다. 어쩌다 멸치볶음이나 달걀부침이 있는 도시락은 최상이었다. '보온 도시락'이라는 낱말조차 모르던 시절이었다. 겨울엔 난로에 층층이 도시락을 얹었다. 한두 시간이 지나면 교실 안은 김치 익는 냄새로 가득했다. 돌아서면 배가 고픈 시기의 학생들은 공부보다 도시락 까먹을 생각에 골몰했다. 힘센 남학생이 맨 아래쪽에, 힘없는 남학생과 여학생은 맨 윗줄에 도시락을 얹었다. 3교시가 끝나고 밥을 먹을 때면 밑에 있던 것은 타서 누룽지가 되고, 위의 것은 차가운 기운이 도는 찬밥이 되기 일쑤였다. 그러던 어느 날 이름은 기억나지 않는 어떤 남학생이 용기 있게 제안했다.

"우리 공평하게 하자!"

그 후 한 시간이 지날 때마다 위의 도시락이 아래로, 아래 것은 위로 바꾸어 얹었다. 이후 자연스레 난로 한 귀퉁이의 자리를 여학생들에게 내주어 주뼛주뼛 언 손을 녹였다. 농번기가 되니 학생들이 하나둘 빠지기 시작했다. 농사일이 뜸해진 늦가을이 되어 간혹 학교에 다시 나오는 학생도 있었지만 대개 돌아오지 못했다. 돌아오지 못하는 학생들을 위해 선생님들이 가가호호 방문도 했다. 설득과 회유를 거듭해 보지만 농사일을 대신해줄 수 없는 한 큰 성과는 없었다. 지금 생각하면 참으로 인정 넘치는 시절이었다. 하교 후 귀갓길의 모습도 특이했다.

항상 무리를 지어 다녔다. 몇 개의 마을을 거쳐서 다녀야 하는 여학생들을 마을 부랑자들로부터 보호하기 위해 남학생들이 만들어둔 규칙이었다. 남학생들은 올 때도 먼 곳에서부터 모여서 함께 왔고, 갈 땐 거꾸로 첫 마을부터 여학생들 뒤를 멀찍이 따라가면서 한 명씩 하교를 시켰다. 그 시절 여학생들은 모두의 애인이었고 누이였다. 지금은 환갑을 넘어 할아버지 할머니가 되어 있을, 혹은 이미 저세상으로 가버렸을 사람들의 오래된 이야기다.

***

시험감독 날이다. 교문에서 딸의 친구 엄마를 만났다.

"민애 어머니 여전하시네요."

반갑게 인사를 한다.

"이걸 하려고 몇 년을 기다린걸요."

가볍게 응수하고 3층 대기실로 들어갔다. 소문난 학교의 학부형답게 30분 전인데도 모두 와 있었다. 곧바로 참석자 명단에 서명하고 윗옷에 명찰을 달았다. 20분쯤 기다렸을까. 교무주임 선생님이 들어와 주의사항을 전달했다.

1. 휴대폰 전원을 끌 것.

2. 한 학생만 집중해서 보지 말 것.

3. 짙은 화장을 금할 것.

4. 굽이 높고 소리가 나는 신발을 신지 말 것.

안내문에 나와 있는 주의사항을 다시 한번 주지시켰다. 여자가 배정받은 교실은 2학년 14반, 이과였다. S 여고엔 한 학년에 대략 14개 반이 있었다. 이과는 4개 반이고 나머지 10개 반은 모두 문과였다. 예능과 수학에 약한 아이들을 빼고 공부를 좀 한다는 애들은 모두 이과에 몰려 있는 형태였다. 보조 감독석은 교탁 앞 선생님 맞은편이었다. 한 곳에 서서 50분을 움직이지 않고 있는 게 무척 힘들고 지루할 때도 있지만, 간혹 의자를 놓아주는 교실도 있어 견딜만했다. 한 교실에 40명, 총 5개 줄인데 커닝을 방지하기 위해 시험 때면 학년을 달리해 배치한다. 복도 쪽 첫 줄은 2학년 수학이고, 두 번째 줄은 1학년 과학, 이런 식이다.

시작 벨이 울렸다. 교실엔 숨소리조차 들리지 않는 긴장감이 감돌았다. 여자는 눈을 질끈 감았다. 자신의 딸이 다른 교실에서 앞의 애들처럼 숨 막히는 경쟁을 할 것을 생각하니 안

쓰러워 가슴이 조여 왔다. 줄기차게 미대를 고집하는 딸 때문에 적성검사를 두 번씩이나 했지만 번번이 이과가 나와 난감했다. 반대로 아들은 문과로 나왔다. 그런데도 여자는 딸은 문과, 아들은 이과로 모두 바꾸어 넣었다. 몇 번이나 후회 없이 선택하려고 마음속 다짐을 두긴 했지만, 시간이 지나니 적성대로 할 걸 하는 생각이 들었다. 공부를 안 하는데도 딸은 수학이 가장 잘 나왔고, 아들은 과외다, 학원이다, 온통 수학에 쏟아붓는데도 여전히 영어가 훨씬 잘 나왔다. 지금 와서 바꿀 수도 없고 낭패였다. 미리 졸업을 시킨 학부형들이 문과는 도무지 취업을 할 수 없어 적성대로 보낸 걸 후회한다며 적극 이과를 권유해서였는데 잘못한 것 같았다. 눈앞에서 거침없이 수학 문제를 풀고 있는 딸아이 친구를 보니 후회는 배가 됐다. 여자는 무료한 시간을 보내기 위해 고개를 들어 교실 맞은편 벽을 살펴보다가 하마터면 큰 소리로 웃을 뻔했다. 교탁 앞 중앙벽면에 A4 용지 크기의 액자 속 급훈이,

"눈 떠!!"

였기 때문이다. 수업 중에 얼마나 졸았으면 〈급훈〉이 '눈 떠!!'일까 생각하니 아이들이 한없이 불쌍하게 여겨졌다. 50년 전 여자가 학교에 다닐 땐 참 따뜻하고 재미있었는데…. 지금

은 옛날과 달리 여자도 모든 면에 깨어 있으라는 경고일까. 여자는 번쩍 눈을 뜨고 앞에서 치열하게 문제를 풀어나가는 학생들을 관찰했다.

***

그 시절을 떠올리면 언제나 미소가 지어지는 한 장면이 있었다. 영어 시간이었다. 늦은 입학으로 수업은 쉴 틈 없이 이어졌고, 모두 어렵게 얻은 배움의 기회를 놓칠세라 열심히 선생님의 필기를 옮겨 적고 있을 때였다. 느닷없이 시원한 바람이 종아리를 휘감아 뒤를 돌아보았다. 여닫이 출입문이 양옆으로 활짝 열려 있고, 아래위 흰 무명 바지저고리를 입은 중년 남자가 출입문 한가운데 우뚝 서 있었다. 놀랄 사이도 없이 우렁찬 남자의 목소리가 뒤통수를 때렸다.

"후자야, 너거 어메 아들 낳았다!"

그는 뒤돌아보는 학생들은 보이지도 않는 듯 교실 안을 향해 쩌렁쩌렁 고함을 질렀다. 한여름 나른한 오후의 교실 안은 순식간에 웃음바다로 변했다. 얼굴이 빨갛게 물든 후자가 어쩔 줄 몰라 하며 고개를 숙였다. 흑판 위에 백묵으로 문제 풀이를 적던 영어 선생님이 뒤돌아 후자를 향해 말했다.

"김후자, 책 보따리 싸 갖고 집으로 가라."

어느 마을 누구네 집에 숟가락이 몇 개인지 훤히 아는 시골만의 풍경이었다. 미역을 사러 장터로 달려오면서 후자의 아버지는 무슨 생각을 했을까. 미역국을 끓일 사람도 필요했겠지만, 우선 맏딸인 후자에게 그간의 마음고생에 대한 미안함이 솟구친 것은 아니었을까.

딸만 여섯인 후자의 아버지는 3대 독자였다. 당연히 결혼도 일찍 했다. 하지만 욕심과 달리 딸만 내리 여섯을 낳은 뒤엔 아예 장터 기생집에서 살았다. 아들을 낳겠다며 집에도 들어가지 않는다는 소문이 동네를 휘돌았다. 그런 사정이니 후자네 경사는 마을 전체의 경사였다. 후자네 할아버지는 대를 이을 손자를 처음부터 기다렸다. 첫 손녀인 후자부터 이름을 뒤 후後, 아들 자子로 아들을 염원하는 이름을 짓더니 '순자' '옥자' '도시' '바래' '꼭지'의 순서로 지었다. 후자의 말에 의하면 후자, 순자, 옥자로 끝 자를 아들子자를 써 봤지만 효험이 없자, 넷째부터는 아예 방향을 바꾸어 도시에 가면 고추 달린 아들이 많다 하여 '도시', 아들을 바란다고 '바래', 꼭지 달린 고추를 바란다고 '꼭지'라고 지었다고 하니 후자 할아버지의 작명 실력은 전문가 뺨칠 수준이라는 생각이 들었다.

아카시아꽃이 만발하던 5월이었다. 교실 창밖에 줄지어 늘어선 아카시아 꽃향기가 창문을 타고 넘어와 여자의 코를 찔렀다. 수업이 끝난 텅 빈 교실에서 무심코 눈을 들어 창밖을 바라보던 여자는 이상한 광경을 목격했다. 산밑을 향해 길게 이어지는 논둑길에 후자와 그 애(학생회장)만 앞서거니 뒤서거니 걸어가고 있었다. 무리 지어 걸어가던 평소의 모습이 아니었다. 각자의 집으로 향하는 골짜기를 향해 학교에서부터 논둑길로 이어져 있는 그 길은 대다수 학생이 사는 마을과 통했다. 일정한 간격을 유지하며 걷던 그들이 어느 순간 여자의 시야에서 사라졌다. 사라진 골짜기는 유일하게 마을이 없는 그냥 골짜기였다.

후자와 함께 간 그 애는 유달리 여자에게 까탈을 부렸다. 당시 넉넉하지 못한 학급비에서 매월 일정량의 도서를 구입하는 제도가 있었다. 도서 구입 때마다 그 애는 새로 나온 책을 독식했다. 특히 월간지인 『학원』은 매번 그 애가 먼저 차지했다. 물론 여자도 월간지 나오는 날을 손꼽아 기다렸다. 월말이 다가오면 수업 중에도 수시로 창밖을 흘끔거렸다. 언제쯤이면 집배원 아저씨가 지나갈까 공부에 집중할 수가 없었다. 월간지인

『학원』에 실리는 연재소설을 읽기 위해서였다. 하지만 번번이 그 애에게 선수를 빼앗겼다. '딱 한 권'뿐인 그 책은 일단 누가 먼저 가져가면 그 학생이 다 읽고 내려놓을 때까지 기다려야 했다. 책도 귀했지만, 읽을거리가 부족했던 시골에선 그나마 유일한 오락거리였기 때문이었다. 특히『학원』에 연재되던 소설 중 하나는 지금도 기억이 났다. 주인공 소녀가 결핵에 걸려 사방이 하얀 벽으로 둘러싸인 병실에 누워 기침할 때마다 새빨간 피가 손수건에 묻던 장면이었다. 사춘기, 죽음을 앞둔 소녀를 닮기 위해 여자는 매일 밤 기도를 하며 주문을 걸기까지 했다. 제목이 '푸른 하늘에 기를 올려라'였던가 어찌 되었든 그 꿈은 아쉽게도 이루어지지 않았다. 함께 배달된『소공녀』와『폭풍의 언덕』은 문장을 외울 정도로 읽었다. 많은 사람의 보살핌을 받던 부잣집 소녀가 아버지가 죽자 하루아침에 하녀의 신분으로 떨어지는『소공녀』의 사정도 가슴 아팠지만,『폭풍의 언덕』의 주인공인 '히스클리프'의 지독한 사랑 이야기는 어린 여자의 가슴을 흔들었다. 하루에 수백 권의 책이 쏟아져 나오는 요즘에 비하면 '호랑이 담배 피우던 시절'의 이야기다.

***

    복도 쪽, 첫째 줄 학생은 키가 크고 날씬한 몸매에 모범생답게 흰 운동화에 흰 셔츠, 검정 조끼를 입었다. '함○○' 이름표를 달고 처음부터 단정하게 앉아 거침없이 수학 문제를 풀어나가는 모습이 참 대견했다. 이 학생은 오늘 50분을 위해 지난 3개월을 얼마나 많은 것들을 참았을까. 시험 때만 되면 여자의 딸은 신경질을 내고 머리카락이 빠져나갔다.

    복도 쪽, 두 번째 줄 학생은 '노○○'이다. 물론 1학년 물리지만 이 학생 역시 시험지를 받자마자 거침없이 문제를 풀기 시작했다. 여자는 또 딸애와 겹쳐 생각해 봤다. 여자의 딸은 수학도 잘했지만, 화학, 생물 역시 항상 만점을 받았다. 고교에 진학해 진로를 이과에서 미대로 바꾼 후론 학원조차 다니지 않고 아예 수학을 안 하기에 물어봤더니 미대는 수학을 할 필요가 없다고 했다.

    세 번째 줄, 두 번째 학생은 공부와는 별로 친하지 않은 것 같았다. 비취색 팔찌에 운동화 역시 짝을 맞춘 비취색 운동화, 한 개에 여러 색이 나오는 볼펜을 끊임없이 돌려 색깔을 바꾸면서 '딸깍딸깍' 소리를 냈다. 다른 아이들의 집중을 방해했다.

하지만 신경을 쓰는 건 여자 혼자인 듯, 아이들은 무서운 집중력으로 문제를 푸느라 개의치 않았다.

마지막 다섯째 줄, 네 번째 학생은 조금 지나자 카디건을 벗었다 입었다 반복하면서 시간을 끌었다. 연신 주위를 살피는 모습이 별로 준비를 안 한 것 같았다. 몸집은 비대하여 어깨와 팔뚝이 여자의 세 배는 훨씬 넘어 보였다. 빨강 가방, 파란 운동화, 하나하나 관찰하던 여자는 놀라운 사실을 발견했다. 열심히 문제를 풀고 있는 학생은 거의가 안경을 썼고 흰 운동화에 평범한 단색 가방인 데 비해, 건성으로 시험지를 대하고 있는 소수의 학생은 화려한 운동화에 가방 역시 화려했다. 지우개까지 색깔이 있는 걸 사용했다. 여자가 학교에 다닐 땐 지우개는 무조건 흰색이었다. 간혹 분홍색이 있긴 했으나 지금은 검정색까지 총천연색이다.

***

어느 날이었다. 평소처럼 그 애가 읽고 넘겨준 책 속에 네모로 접은 쪽지 한 장이 들어 있었다. 여자는 두근거리는 가슴을 진정시키며 망설였다. 펴볼까, 말까로 자신과 씨름을 하던 여자는 끝내 펴보지 않고 찢어버렸다. 왜 그랬을까? 아카시아꽃이 흐드러지게 핀 골짜기로 후자와 함께 걸어 들어간 그 애를 보았기 때문이었을까. 그 애는 얼굴도 잘생겼지만 공부도 잘했다. 그 애의 아버지는 저녁에 호롱불을 켜놓고 공부를 하는 아들에게 기름이 닳는다고 고함을 지르며 방해를 한다는 소문이 돌았다. 동기 중엔 김미자라는 이름의 여학생이 있었다. 초등학교 졸업 후 4년이 훨씬 지나 입학한 미자는 여자보다 네댓 살은 많았다. 다 큰 처녀 모습이었다. 열일여덟 살의 미자는 시골아이 같지 않게 피부도 희고 키도 컸다. 누가 봐도 한창 피어나는 꽃봉오리였다. 그래선지 김미자의 주변에는 언제나 남학생들이 맴돌았다. 당시 친구 집에서 하룻밤을 자는 게 유행이었다. 어느 날, 여자에게로 다가온 미자가 말했다.

"너, 우리 집에 가지 않을래?"

다른 아이들의 부러움을 뒤로 한 채 미자네 집으로 갔다. 학교 옆 면사무소 뒤편에 있는 여자의 집과는 달리 그녀의 집은 한 시간 정도를 걸어야 갈 수 있는 먼 거리였다. 가느다란 논둑길을 지나 한참을 걸었다. 강을 건너고 야트막한 산길을 따라 얼마쯤 걸었을까. 눈앞에 커다란 칼을 거꾸로 세워놓은 듯한 웅장한 바위가 앞을 가로막고 있었다.

"선바위야, 이제 조금만 더 가면 우리 집이야."

놀란 여자를 안심시키듯 미자가 말했다. 바위 이름을 따 마을 이름도 '선바위'라고 했다. 바위 옆으로 나란히 이어진 좁은 길 우측엔 깊고 푸른 강물이 흘렀다. 바위의 그림자가 강물에 칼처럼 우뚝 비쳤다. 섬뜩했다. 선바위를 지나 마을 입구로 들어섰다. 미자는 마을에서 아담하고 꽤 넓은 집으로 여자를 데려갔다. 담벼락 기슭에 심어놓은 커다란 뽕나무 위에서 오디를 따던 미자의 아버지가 큰소리로 미자에게 물었다.

"니 뒤에 따라오는 저 가시나는 누꼬?"

미자가 대답했다.

"박○○씨 딸이에요."

면에서 하나뿐인 정미소를 운영하는 여자의 아버지를 미자의 아버지는 익히 알고 있다는 듯 고개를 끄덕이며 지시했다.

"델꼬 드가라."

짧게 한마디 던지고 따던 오디를 계속 소쿠리에 따 담았다. 오디는 빨갛다 못해 검은색이었다.

"오디 먹자."

언니 같은 미자가 사발 가득 오디를 내왔다. 오디는 달고 맛있었다. 저녁엔 무밥을 먹었다. 무를 채 썰어 흰쌀과 함께 한

밥이었는데, 넓은 그릇에 무밥을 적당히 담고 그 위에 양념장을 끼얹어 비벼 먹는 것이었다. 무맛이 쌀에 스며들어 달고 맛있었다. 집으로 돌아온 여자가 어머니에게 물었다. 어떻게 무로 밥을 할 수 있냐고 물었더니 양식이 부족한 집에선 가끔씩 그렇게 별미로 해 먹는다고 했다. 그 시절 여자의 아버지는 가정에 안주하지 못했다. 어머니와는 애만 만들었을 뿐 마음은 항상 바깥을 떠도는 '나쁜 남자'였다. 신식교육을 받은 여자의 아버지는 교육에 남달리 힘을 쏟았다. 남의 자식이라도 더 많이 배우기를 지원했고, 그래야만 가난에서 벗어날 수 있다고 믿었다. 아들의 교육을 위해 쏟은 아버지의 첫 실패작은 대구의 K고등학교 입학시험에서 아들이 낙방한 거였다. 아들에 대한 기대를 채우지 못한 여자의 아버지는 공부와 가장 가깝다고 생각한 둘째 딸인 여자에게로 꿈을 옮겨갔다. 잘 때도 여자를 사랑채로 데려가 옆에 재웠다. 유난히 눈이 큰 여자에게 '눈딱부리'란 별명도 지어주었다. 또 자신이 안방처럼 드나들던 장터 기생에게까지,

"사월아, 얘가 우리 눈딱부리야."

자랑했다. 여자는 월사금을 받으러 아버지가 묵고 있는 사월의 집으로 자주 갔다. 아버지는 추운 겨울 발목을 덮어 질질

끌릴 경도로 큰 자신의 코트를 여자에게 입혀 집으로 돌려보내
곤 했다. 여자가 중학교에 입학한 어느 날 밤이었다. 아버지는
자신의 사랑 이야기를 어린 여자에게 들려주었다. 일본에서 생
활할 때 함께한 여자 이야기였다. 더욱 놀라운 것은 그들 사이
에 딸까지 있었다고 했다. 여자는 아무도 모르는 비밀을 혼자
알고 있는 것도 두려웠지만, 어린 마음에도 어머니에게는 무조
건 비밀로 해야 할 것만 같았다. 곁들여 자신에겐 언니뻘 되는
그 아이가 남자아이였다면 어떻게 했을까 하는 궁금증이 일었
다. 얼굴도 모르는 그 여자애가 한없이 불쌍하게 느껴졌다. 일
본어를 배워 그곳에 남겨진 언니를 찾아볼까 엉뚱한 생각도 했
다. 아버지가 돌아가시고 몇 년 후 일본에 간 적이 있었다. 하
지만 여자는 언니를 찾겠다는 어떤 행동도 취하지 않았다. 아
버지와 여자만 알고 있는 비밀의 뒷감당이 두려워서였다. 몇십
년 전의 일로 각자 딛고 선 자리에 균열이 생기면 어쩌나 싶었
다. 옛말에도 있지 않은가.

"모르는 게 약이다!"

***

잠에서 깬 듯 옛 생각에서 정신을 가다듬고 왼쪽 벽에 걸린 시계를 보니 아직 30분도 지나지 않았다. 보이는 건 '급훈'뿐,

"눈 떠!!"

학생들을 계속 지켜보면 신경이 쓰일 것 같아 일부러 딴청을 피우며 선생님을 관찰하기 시작했다. 이곳의 선생님들은 나이가 든 사람들이 많았다. 이분 역시 50을 훨씬 넘겼을 나이에 염색하지 않은 반백의 머리를 그냥 커트만 했다. 낮은 단화에 군청색과 자주색이 뒤섞인 물방울무늬 치마를 입고 청색 짧은 티셔츠를 입었다. 딸의 말에 의하면 S 여고에는 S 대 나온 선생님이 많고 노처녀도 많다고 한다. 1학년 때 딸의 담임 역시 50이 넘은 노처녀로 국어 담당이었다. 입학하고 학부모 총회 때 만난 담임선생님의 말이 꽤 인상적이었다. 다른 것은 다 물어봐도 좋은데, '왜 시집 안 갔냐?'는 말만은 말아 달라던, 얼굴도 예쁘고 여자가 보기엔 참 괜찮았는데….

'따르릉' 드디어 시험 마감 5분 전 벨이 울렸다. 짧은 50분 동안 여자는 50년 전의 자신과, 분초를 다투며 시험을 치르는 딸아이와, 처녀 선생님 등, 참 많은 것들을 생각했다. 시험감독

이 끝나고 복도로 나왔다. 저만치서 딸아이가 재잘대며 친구랑 걸어 나왔다. 아무런 걱정 없이 화사한 웃음을 지으며 걸어 나오는 딸아이의 등 뒤로 언뜻 봄에 있었던 끔찍한 사건이 떠올랐다. 어느 날 학교에서 돌아온 딸아이가 얼굴이 새파랗게 질려서 말했다.

"엄마, 오늘 다희가 학교 옥상에서 뛰어내렸어."

소문으로만 듣던 사건이 여자의 눈앞에 펼쳐졌다. 다희는 딸아이의 친구로 공부도 욕심껏 잘했고 얼굴도 예쁜, 겉으로 보기엔 아무런 문제가 없는 아이였다.

"친구들끼리 다퉜나 봐."

딸아이와 달리 앞에서 달리는 상위권 애들끼리는 보이지 않게 불꽃 튀는 경쟁이 있고, 그 와중에 한 애를 지목해 왕따를 시키며 옥상으로 데려갔다고 했다. 네다섯 명의 애들이 다희를 둘러싸고 야유를 하며,

"여기서 뛰어내려 봐, 너 같은 겁쟁이는 절대 못 뛰어내릴걸!"

압박을 가하자 더이상 물러설 곳이 없다고 느낀 다희가,

"뛰어내리라면 못 뛰어내릴 줄 아나."

당당히 소리치며 실제로 뛰어내렸다고 했다. 공부에 목숨

걸지 않는 딸아이가 오히려 다행이란 생각이 들었던 때였다.

***

오랜 시간이 흐른 후 여자는 문득 한 가지 생각이 번개처럼 스쳤다. 아버지가 생전에 유달리 여자를 예뻐한 것은 자신이 아닌, 두고 온 딸에 대한 죄책감 때문이었는지도 모른다는 생각이었다. 중학교를 졸업한 후 여자는 고향을 떠났다. 큰언니 뻘 되는 다른 동창들과는 연락을 안 했지만 후자와는 자주 연락했다. 동생이 여럿인 후자는 상급학교 진학 대신 당시 유행하던 편물을 배웠다. 신기한 편물기계 앞에서 스웨터를 짜던 후자를 만났다. 컴퓨터 자판보다 더 긴 자판 위에 바늘이 촘촘히 박혀있고, 그 위로 사발 모양의 기계를 좌우로 밀면 순식간에 옷이 짜졌다. 뜨개바늘로 한 코 한 코 뜨던 것에 비하면 가히 혁명이었다. 속도도 엄청났지만 색색의 실로 짜낸 스웨터는 정말 예뻤다. 어느 날, 스웨터를 짜지 않고 곧 죽을병이 든 것처럼 늘어져 누워 있던 후자가 말했다.

"요즘 기운이 없고 먹은 것이 소화가 안 돼."

여자는 어디선가 주워들은 어설픈 상식을 이용해 엉뚱한 처방을 내줬다.

"엑스레이를 찍어봐, 요즘 결핵이 많다고 하더라."

당시의 결핵은 걸리면 죽는 불치병으로 요즘으로 치면 암 같은 무서운 병으로 인식되던 때였다. 몇 달 후, 후자가 결혼한다며 연락을 했다. 시골에서 하는데 올 수 있겠냐고 했다. 결혼식에 간 여자는 깜짝 놀랐다. 사모관대를 쓴 잘생긴 신랑이 몇 해 전 아카시아꽃이 만발한 골짜기로 사라진 그 애였기 때문이었다. 같은 동네서 3년을 호위하며 다니던 그 애가 입대를 한 뒤 후자가 면회까지 다녀왔다는 사실도 알게 됐다. 자신의 아버지가 일생 딸 여섯을 낳은 후 얻은 아들을 후자는 진즉에 낳아버렸다. 결혼 전 여자가 직장에서 교육을 받기 위해 서울로 왔을 때였다. 역으로 마중을 나온 후자의 남편이 된 그 애가 여자를 데려간 곳은 홍제동이었다. 아담한 단층 한옥이었다. 뛸 듯이 기뻐하며 여자를 반갑게 맞이한 후자가 말했다.

"우리 오랜만에 만났으니 술이나 실컷 마시자."

후자는 익숙한 솜씨로 안주라며 돼지고기에 고추장을 버무려 프라이팬에 구워 내왔다.

"이 고기 정말 맛있다. 어떻게 하면 이런 맛이 나니?"

그때까지도 여자는 결혼하지 않은 상태였다.

"너도 시집가서 몇 년 살다 보면 금방 할 수 있게 돼."

별거 아니라는 듯 대답했다. 동창 셋이서 밤새 술을 마셨다. 술을 많이 하지 못하는 여자만 빼고 부부는 코가 비뚤어지도록 마셔댔다. 끝났을 때는 거의 새벽이었다. 외관과 달리 집은 방이 두 개뿐이었다. 후자는 맏이답게 당시도 여동생 둘을 데리고 있었다. 자기네 가족 네 명(부대에 면회 가서 만든 아들 포함)은 안방을 쓰고 방 하나는 세를 주고 있었다. 여동생 둘은 다락에서 생활하는 모양이었다. 손님이 왔으니 여동생과 여자들은 안방에서 자기로 하고 그 애만 새벽에 다락으로 올라갔다. 얼마의 시간이 흘렀을까, 그 애가 다급하고 조심스럽게 여자의 이름을 부르고 있었다.

"지연아! 지연아!"

가슴이 덜컥했다. '이 애는 아직도 나를 못 잊는 건가.' 아주 잠깐 기쁜 마음이 스치는 듯했다. 평소 억눌려 있던 감정이 술에 취하니 터져 나오는구나. 그냥 있자니 후자가 깰 것 같고, 대응하자니 도리가 아닌 것 같고, 갈피를 잡을 수가 없었다. 하지만 이러면 안 되는 거였다. 어쩌면 좋을까? 우선 착한 후자가 깰까 봐 조심조심 문을 열어주기로 했다. 그리고 설득을 하고 다음엔 절대로 오지 말아야지! 혼자 굳은 결심을 한 뒤 문고리를 잡고 열려는 순간, 그 애가 튈 듯이 밖으로 달려 나갔다. 잠시 후 다시 다락으로 올라간 그 애는 이후 아무런 기척이 없었다. 아침이 되었다. 여자는 후자의 얼굴을 마주 볼 수가 없었다. 공연히 죄지은 것 같았다. 그때 부엌으로 나온 그 애가 말했다.

"지현이 엄마는 잠이 들면 누가 업어 가도 몰라."

비로써 사태 파악이 됐다. 스무 살에 면회 가서 만든 아들인 지현이를 여자의 이름인 지연이로 착각한 해프닝이었다. 여자의 고장에선 남편이 결혼한 아내를 부를 때 통상 첫아이의 이름을 부른다는 걸 뒤늦게 깨달았다. 늦도록 술을 마시고 다락으로 올라간 그 애는 많이 마신 술 때문에 오줌이 마려웠고, 평소 문단속을 병적으로 하는 여자가 무심코 다락 문고리를 잠가 놓았던 것이다. 그 애는 중학교를 졸업하고 서울에 있는 XX 공고에 입학하여 공부했다. 성실하고 똑똑한 그 애를 좋게 본 사장은 공장에 딸린 방 하나를 주어 그곳에서 기거하며 낮에는 일하고, 밤에는 학업을 계속하도록 배려해주었다고 한다. 몇 년 후 기술을 익힌 그 애는 공장을 차렸다. 여자의 엉뚱한 처방으로 엑스레이 촬영을 권하며 걱정했던 첫째도 아무 탈 없이 K 공대를 나와 연구원으로 있다고 한다.

추락사고 후 학교에 경찰이 들락거리고 어느 반의 누가 교무실로 불려갔다는 등 소문이 무성했다. 어떤 학부형은 주동자가 누구라는 실명까지 거론하며 수군댔다. 하지만 여자는 그 누구와도 입을 터 말대꾸조차 하지 않았다. 공연히 그네들의 무리에 끼여 말대꾸를 했다간 딸아이가 입었을 상처와 혼란을 더욱 부추길 것 같았기 때문이었다. 며칠 후 성당에서 다희의 장례미사를 치렀다. 기침 소리 한번 들리지 않는 침묵 속에서 치러진 영결식장엔 소리를 삼킨 작은 울음소리만 여기저기서 간간이 들렸다. 여자는 마음속으로 기도했다. '다희야 모든 걸 잊고 훨훨 날아 멀리멀리 가거라, 시험이 없는 편안한 세상으로.' 다희는 딸아이와 같은 초등학교에 다녔고 영세도 함께 받았다. 그냥 친구가 아니었다. 소리를 죽여 울고 있는 다희 엄마가 자신이 될 수도 있었을 거란 생각이 들자 등줄기에 식은땀이 흘러내렸다.

대학이 뭐라고. 이후 모든 역량을 자식의 대학입시에 쏟아붓고 있는 주위 분위기가 두려움으로 다가왔다. 모두 미쳐 돌아가고 있는 것 같았다. 처음으로 살고 있는 동네가 싫어졌다. 신문에도 나지 않는 실제 사건이 이곳 애들을 옥죄고 있다고 생각하니 여자가 다니던 예전의 학교생활이 더없이 그리워졌다. 수업 도중 교실 문을 열고 '너거 어메 아들 낳았다'는 학부모의 고함 소리와 '김후자 책 보따리 싸갖고 집으로 가'하던 선생님의 구수했던 말까지.

***

몇 년 전에 영어 선생님이 서울에 왔을 때였다. 정년퇴직을 하고 시울에서 대학에 다니는 아들을 만나러 왔다고 했다. 서교동 일식집에서 동창들과 만났다. 술과 식사를 곁들여 한 후 한껏 기분이 좋아진 선생님이 누구는 어디서 무얼 하고 누구는 무얼 한다는 이야기 도중 술잔을 들고 있는 그 애에게,

"너랑 지연이가 사귀는 줄 알았는데….'

그 애를 바라보며 말했다. 책 속에 끼워진 그 애의 편지 사건을 선생님도 알고 있었을까. 선생님의 말씀에 힘입어 여자가 그 애에게 물었다.

"그때 왜 더 적극적으로 나오지 않았냐?"

그 애가 대답했다.

"너는 멀고 후자는 가까운 곳에 있어서…."

얼버무렸다.

"공부만 잘하는 줄 알았는데 연애도 수준급이네."

여자가 놀렸었다. 더욱 놀라운 것은 당시 선생님도 학생인 미자를 짝사랑하고 있었노라 고백했다. 미자가 일찍 결혼했고 신랑이 어느 학교에 교장으로 있다는 등 계속 행적을 좇고 있었다. 선생님은 당시 노총각이었다. 나이 차이도 많았지만 좁은 시골 바닥에서 제자와의 사랑은 그 당시 용납되기 힘들었을 터였다. 지금까지도 미자를 기억에서 지워버리지 못하는 선생님이 안타깝게 느껴졌다. 미자는 공부를 아예 안 했다. 그런데도 이상하게 영어시험 점수만은 언제나 만점이었다. 당시엔 그 이유를 아무도 몰랐다. 수업은 차례차례 나가서 문제 풀이의 답을 칠판에 적는 방식으로 진행했다, 미자는 자기 차례가 다가오면 우리에게 앉은걸음으로 살금살금 다가와 답을 쪽지에 적어가곤 했다. 나도 큰언니뻘 되는 그녀의 요구를 거절하지 못하고 번번이 답을 적어주었다. 무밥을 얻어먹은 빚 때문이었을까.

2년 전, 후자의 어머니도 죽었다. 여러 명의 자식이 있었지만 후자의 어머니는 시골에서 혼자 살았다. 평소처럼 매일 문안 전화를 하던 후자가 어느 날엔 전화를 받지 않아 이웃에 마실을 간 것으로 알고 무심히 넘겼단다. 연이은 사흘간의 불통에 이상히 여겨 이웃 사람을 시켜 알아봤더니 사흘 전 저녁 밥상을 앞에 두고 혼자 절명했더라며 후자는 통곡했다. 〈여자의 일생이란 무엇일까〉. 여섯 번째 딸을 낳은 뒤 집으로 돌아오지 않는 남편을 기다리며 눈물로 밤을 보냈을 길고 긴 세월, 후자 어머니는 남편과 그토록 바라던 아들도 장성해 떠나고 혼자 농사를 지었다. 일곱 자식에게 농작물을 싸서 보내주는 재미로 살았던 그녀는 아무도 없는 차가운 방 안에서 혼자 죽음을 맞이했다. 그 가엾은 어머니를 생각하며 후자는 쉬지 않고 훌쩍였다.

"이 콩이 엄마가 보내준 마지막 콩이야."

솜씨 좋은 후자는 서리태콩을 불리고 믹서기에 같아 콩국수를 만들었다. 국물은 구수하고 면발은 쫄깃쫄깃했다. 언제나처럼 후자의 음식솜씨는 스무 살에 아들을 낳은 것만큼이나 탁월하고 경이로웠다.

2학년도 벌써 반이 지났다. 여자의 딸은 1년 후 어느 대학에 갈까?

나에게도 할말은 있어요

여자의 남편은 뿔테 안경을 쓴 중년이었다. 자신을 관장이라고 부르면 된다고 했다.

고색창연한 박물관을 연상하며 내가 물었다.

─관장? 무슨 박물관이에요?

여자가 웃으며 서둘러 대답했다.

─박물관이 아니고. 체육관 관장이에요.

그러고 보니 훤칠한 키에 다부진 체격, 팔뚝에 알통이 박힌 모양새가 보통은 아닌 듯했다. 관장이 남편과 나를 데리고 부동산 사무실 안쪽에 붙은 방으로 인도했다. 10평 남짓한 사무실 한 면을 칸막이로 막아 만든 작은 방이었다. 탁자가 있고 소파까지 갖춘 또 다른 응접실이었다. 벽 한쪽엔 수도시설까지 있어 식당 겸 휴게실로 쓰는 모양이었다. 작은 창문으로 빛이 쏟아져 들어왔다.

아파트 1층에 붙은 이 상가를 구입할 때 언뜻 본 듯한 느낌이 들긴 했지만 이렇게 완벽한 시설로 변할 줄 몰랐다. 당시엔 아무것도 없는 넓은 공간이었는데 세입자들이 자신의 용도에 맞춰 꾸민 듯했다. 2년 전 첫 계약 땐 여자 둘이 계약서를 작성했었다. 이번엔 여자의 남편이 주도하며 우리 부부를 구석진 방으로 밀어 넣었다.

*

십여 년 전 남편과 나의 퇴직금과 그간 모아둔 모든 자금을 털어 어렵게 구입한 상가였다. 당시 중개사가 말했다.

─만 오천 세대의 이런 상가는 좀체 구하기도 힘들고 넓이도 이 정도 평수면 무슨 업종을 들여도 상관없으니 땡잡은 줄 아시오.

라며 생색을 냈다. 퇴직 후 안정적인 수입이 필요했던 우리는 아파트 두 채 이상의 거금을 들이기가 쉽지 않아 망설였다.

―아휴, 그러다 놓친다니까요. 이만한 장소에 그 정도 P가 뭐 그리 비싸다고 그래요. 만 오천 세대 초입이고, 상가 바로 앞에 버스 정거장 있지, 단지 내에서 첫 번째로 좋은 요지예요, 요지.

과장이 조금 보태지긴 해도 완전 틀린 말은 아닌 게 분명했다. 남편은 나를 바라보며 결정하기를 재촉했다. 두렵고 불안했다. 전 재산도 모자라 융자까지 얻어 사야 할 거금인데다 앞으로 임대료는 잘 나올지, 상권은 어떻게 형성될지 걱정되는 부분이 한두 가지가 아니었다. 하지만 우리가 확인할 수 있는 건 거기까지였다.

남들이 보면 웃을지 모를, 상가건물도 아닌 구분상가지만 평수가 전용만 20평이 넘으니 중개사 말대로 무슨 업종을 넣어도 될 터였다. 딱 하나, 가격이 부담스러운 게 문제였다. 일생 월급쟁이로만 살아온 우리는 퇴직 후 월급처럼 다달이 얼마간의 월세를 받는 게 꿈이기는 했다. 그러나 분양가는 그렇다손 쳐도 계약서에 기재되지 않는 P라는 금액은 아무래도 그냥 날리는 돈인 것만 같아 쉽게 결정을 내리지 못했다. 중개사가 말했다.

―상가는 원래 P(프리미엄)금액만큼 다운계약서를 쓰는 게

관행이에요. 상가를 소유한 원주민과 수용되기 전부터 그곳에서 장사하던 사람들만이 분양받을 권한이 있어요. 일반인들은 돈이 있어도 분양을 못 받아요. 특히 서울시에서 하는 SH공사 물건은 분양가가 싸서 P를 붙여도 일반상가보다 저렴해 사려는 사람들이 줄을 서거든요.

듣고 보니 그럴 만도 했다. 아무리 그래도 계약서에 기재되지 않는 금액이라니, 그럼 그 돈은 허공으로 사라지는 게 아닌가. 수백 개의 상가가 모두 그런 구조로 거래가 된다고 했다. 수용할 때 건물주나 세입자 모두 분양받을 수 있는 권리는 주지만 영세한 세입자들은 아무리 싸다고 해도 몇억씩이나 하는 분양가를 감당하기 어려워 P를 받고 그대로 권리를 팔아넘기는 것이 다반사라 했다.

―나와 있는 물건 중 가장 좋은 물건이니 훗날 나에게 한턱 크게 쓰셔야 해요.

중개사가 너스레를 떨며 재차 강조했다. 상가는 장소에 따라 가격이 천차만별이었다. 사람의 왕래가 많고 중심가에 있는 것은 수십억 정도인 데 비해 구석지고 왕래가 뜸한 곳은 프리미엄이 없는 곳도 있었다. 민간업체가 짓는 상가는 위치에 따라 처음부터 가격이 정해지는 데 반해 공공기관에서 분양하는 상가는 컴퓨터로 추첨을 하기 때문에 로또라 불린다 했다. 자세히 보니 주인보다 '떴다방'이라는 명칭의 부동산 브로커들의 농간이 훨씬 많은 듯, 매일같이 프리미엄이 치솟고 있었다. 사려는 사람이 많으면 가격이 올라가는 건 당연했다. 때맞춰 명퇴 바람이 불어 퇴직을 한 사람들이 뭉칫돈을 들고 상가를 찾아 나서던 시기와 맞물렸다. 열기는 한층 고조되었다. 아무래도 계약서에 기재하지 않는 금액인 P가 마음에 걸렸다.

　―그렇담 팔 때는 구멍 난 부분을 어떻게 메꾸죠?

　분명 세금 문제가 걸릴 텐데 정상적이지 못한 거래는 해 본 적이 없었던 내가 재차 물었다.

　―그야 팔 때도 당연히 다운 계약서를 써서 구멍 난 부분만큼 가격을 낮춰 써야죠.

　중개사는 별거 다 걱정한다는 투로 가볍게 응수했다.

　―어차피 장관이나 국회의원이 될 것도 아닌데 훗날 다운계약서 때문에 신문에 날 일은 없겠지.

　터무니없는 자기 위안을 했다.

　일반적인 상가와 뉴타운 상가는 구조부터가 달랐다. 지금껏 나는 건물이 하나로 크게 지어져 1층에서부터 10몇 층 높이가 모두 상가이거나, 상가건물들만 모인 상업지구의 건물들만 보아왔다. 간혹 단독 건물의 아래층은 상가로 쓰고 나머지는 주인이 쓰는 근린생활시설의 점포를 보기는 했다. 하지만 이곳처럼 도로를 따라 지어진 아파트 1층이 몽땅 상가로 되어있는 구조는 처음이었다. 아파트단지 중앙에 길을 내고 1층은 모두 상가로 만들어 길게 길을 따라 늘어 놓은 형태였다. 길 역시 곧지 않고 구불구불하게 이어져 있는 게 아무래도 익숙지 않았다. 아파트 높이도 산으로 둘러싸인 환경을 살렸다. 높이가 산 높이에 맞춰 5층에서부터 7, 8층이 주종이며, 제일 높은 층이 10층 정도로 흡사 빌라 같은 모양새였다.

'참여정부'에서 만든, 말 그대로 사람과 자연이 함께 참여하여 어울려 사는 친환경 아파트로 유럽에서 모델을 따온 첫 작품이라 했다. 최초로 집 없는 서민들을 위한 '장기전세주택', 일명 시프트(shift)를 시행한 지역이기도 하다.

수용 당시 폭발적인 인기를 누렸던 곳이지만 우리에겐 일생을 맞벌이해 마련한 집이 수용당한 아픈 곳이기도 했다. 더구나 당시도 지금처럼 '징벌적 세금정책'을 펴던 때였다. 강제로 수용을 당하고도 1가구 2주택이라는 이유로 보상금액 중 60%를 세금으로 되가져가는 바람에 빚내서 아파트청약금을 대납

하는 기현상이 벌어진 곳이었다.

적당한 시기에 아이를 낳아 교육을 시키고 또 적당한 시기에 결혼을 시키는 보통 사람들과 달리, 우리 부부는 늦은 출산으로 퇴직 후에도 수십 년은 수입이 있어야 했다. 남들보다 20년쯤 늦은 소비패턴 때문이었다. 더는 망설일 여유가 없었다. 중개사에게 물었다.

ㅡ임대료는 얼마 정도로 받을 수 있나요?

ㅡ바닥 권리금 빼고도 한 달 4백만 원 정도는 너끈히 받을 수 있어요.

중개사는 신이 나서 우리 앞에 커다란 약도가 그려진 종이를 펴며 설명했다.

ㅡ바닥 권리금이라는 건 또 뭐예요?

처음 듣는 용어에 어리둥절해 있던 내가 물었다.

ㅡ아, 상가는 위치가 좋으면 최초 분양받은 사람이 처음 임차로 들어오는 사람에게 권리금이라는 것을 받을 수 있는데 그걸 말하는 거예요.

적지 않은 금액의 계약을 성사시킬 기회를 잡은 중개사는 자신이 알고 있는 조건 중 좋은 것만 골라서 우리를 설득시키려 애썼다. 희한한 세계를 엿보는 것 같았지만 내가 들은 바로는 주인은 권리금을 받으면 법으로 안 되는 걸로 알고 있었다.

입주가 시작되기 전의 아파트단지엔 곳곳에 조경하느라 나무를 실은 트럭들이 줄지어 들어오고 아파트나 상가를 사려는 사람들은 포장이 안 된 도로를 무리 지어 다니며 자신들이 원하는 물건을 고르느라 분주했다. 공사가 마무리된 상가 유리벽엔 매물을 구하려는 부동산의 안내문이 나붙었다. 경기가 좋았던 시절이라 새로운 형태의 아파트단지는 소문대로 거의 잔치 분위기였다.

─결정을 서두르는 게 좋을 거예요. 위치 좋은 매물은 금방 빠지니까 이번 기회를 놓치지 마세요.

누굴 위한 제안인지 모를 조언을 하며 중개사는 우리를 채근했다.

─집에 가서 자금조달을 위한 계획을 세워보고 연락할게요

밤새 고민했다. 어차피 다음 달이면 남편은 퇴직이었다. 계약했다. 60이 넘어 드디어 임대인이 됐다.

─여보, 이젠 생활비 걱정 안 해도 되겠네, 다음 달부터 월급처럼 따박따박 임대료 받을 테니까.

남편이 한시름 놓았다는 듯 나를 보며 말했다. 걱정이 되긴

했지만 돌아오는 길은 하늘을 나는 듯 발이 땅에 닿지 않았다.

*

여자의 남편이 말했다.

─전화로 얘기한 대로 계약연장을 원해요.

작은방으로 들어온 관장이 다소 무서운 분위기로 우릴 쳐다보며 말했다.

─그렇게 하세요.

남편이 그를 보며 응수했다.

─그게 그러니까 오다가 빈 상가 봤죠?

관장이 말을 바꾸어 딴청을 부렸다.

─그러게요.

약간 겁먹은 목소리로 남편이 어물쩍 대답했다.

두 사람의 탐색전을 옆에서 바라보며 나는 속으로 중얼거렸다.

─그러니 어쩌라는 건가, 나가겠다는 건가 그대로 있겠다는 건가.

관장이 단도직입적으로 남편에게 직언했다.

248

─임대료를 대폭 삭감해 줘야겠습니다.

　의논도 사정도 아닌 통보였다. 한동안 대답하지 않고 가만히 관장의 고압적인 태도를 지켜보던 남편이 고개를 돌려 나를 힐끗 쳐다봤다.

　─얼마를 예상하는데요?

　내가 대신 관장에게 물었다. 그동안 정작 계약자인 여자는 한마디 말도 없이 관장의 일거수일투족만 바라보며 앉아 있었다. 여자에게 시선을 주며 내가 확인했다.

　─애기 엄마 생각은 어때요. 계약당사자인 애기 엄마 생각이 듣고 싶네요.

　내 말에 서둘러 관장이 끼어들며 여자의 대답을 막았다.

　─집사람은 아무것도 몰라요. 모든 것은 내가 알아서 하는 형편이니 나에게 대답하시오.

　거의 윽박지르듯 우리 부부를 쳐다보며 독촉했다. 그래서 평소 나타나지 않던 남편이 나왔고, 처음 계약 때도 여자의 시누이라는 사람이 함께 왔나 보았다. 여자는 부동산 중개사 자격증을 따고 처음 우리 상가에 왔다. 반면 남편은 신도시 아파트단지마다 다니면서 체육관을 차려 조금 운영하다가 다른 사람에게 권리금을 받고 넘기는 작업을 하는 사람이라고 했다.

이름만 관장이지 자격증 없이 부동산을 임대해 업종을 정한 뒤 실제로 운영할 사람에게 고액의 권리금을 챙기고 되파는 전문가였던 모양이었다.

성격도 급했다. 대답이 바로 나오지 않으면 급한 마음에 물을 벌컥벌컥 마셨고, 얼굴이 붉으락푸르락 변해갔다. 자신의 말을 듣지 않으면 바로 그 알통 박힌 팔뚝으로 우리를 가둬놓고 때려눕힐 것 같은 분위기였다.

─먼저 말씀하세요.

성격이 급하기론 남편도 마찬가지여서 내가 선수를 쳤다.

─지금 임대료의 3분의 1 정도는 내려줘야겠습니다.

협상이 아닌 협박이었다. 그러잖아도 임대료를 받아 생활하는 은퇴자인 우리로선 난감할 따름이었다. 이럴 줄 알았으면 둘 모두 퇴직 때 일시불로 받지 않고 연금으로 했으면 신경 안 쓰고 좋았을 테지만 이미 엎질러진 물이었다. 그땐 분위기가 모두 일시불로 받던 시절이었다. 후회가 됐다. 하지만 어쩌랴, 이미 세월은 지났고 경기가 나빠져 자영업자들이 모두 폐업하는 상황이 됐다. 그나마 상가를 반으로 갈라 두 쪽으로 나눈 것이 다행이라면 다행이었다. 나머지 반쪽도 그간 잘 주던 임대료를 지난해부터 다섯 달씩 밀리더니 1년 넘게 체납이 됐다.

그런 와중에 이것마저 터무니없이 내려달라고 한다. 눈앞이 캄캄했다. 미리 퇴직하고 임대료로 생활을 하던 지인이 말했다.

―임차인과 절대로 가까이 지내지 마세요. 그러면 자꾸만 어려운 소리를 할 때 거절하기가 쉽지 않아 난감하니 아예 적당한 거리를 두고 지내세요.

하지만 어디 사람 사는 게 공식대로 되는 일이던가. 2년 전 여자가 우리 상가에 왔을 때였다. 그녀는 계약을 도와주는 시누이 옆에 다소곳이 앉아 말 한마디 없이 웃고만 있었다. 살림만 하다가 처음 세상에 나왔다고 했다. 걱정이 되었다. 어떤 업종보다 동업자들끼리 신경전을 벌여야 하는 부동산업계에서 살아남을 수 있을까. 하지만 여자는 잘 버텨냈다. 임대료도 밀리지 않고 꼬박꼬박 잘 줬다. 고마웠다. 그 마음을 전하기 위해 나는 농장에서 고구마, 땅콩, 감자 등속을 추수하면 택배로 자주 보내줬다. 나머지 반쪽 상가도 대기업에서 임원으로 근무했던 사람이 임차인이었다. 퇴직하고 퇴직금으로 프랜차이즈 통닭집을 하고 있었다. 그도 2년간은 밀리지 않고 잘 주었다. 1년 전부터 장사가 안된다며 미루기 시작했다. 보증금이 바닥날 지경이었다. 할 수 없이 걱정만 하다가 누군가의 조언대로 내용증명을 작성해 보내기로 했다. 하지만 누구의 사주를 받았는지

한 통도 받지 않고 반송을 해 버렸다. 아는 변호사에게 물어봤다.

─그것 애써 보낼 생각하지 마세요. 바로 가게에 들러 녹음을 하세요. 약간의 비용을 지불하고 녹취를 뜨면 돼요. 요지는, 당신이 임대료를 몇 개월이나 밀렸으니 점포를 비우라는 것을 상대방에게 고지하세요. 그냥 녹음 하지 말고 반드시 녹음한다는 말로 동시에 통보를 하고 해야 해요.

핸드폰의 녹음기능을 한 번도 써보지 않아 녹음하는 방법을 몰랐다. 아이들에게 배워 여러 번 연습한 후 점포를 찾아갔다. 차마 들어갈 수가 없었다. 근처 커피숍에서 잘 마시지도 않던 커피만 거푸 3잔을 마셨다. 저녁 어스름에 용기를 냈다. 가게에 들어가 통닭 한 마리를 시켰다. 사장이 미리 입막음을 했다.

─그렇게 밀린 줄 몰랐네요. 진즉에 통보 안 한 여사님도 책임이 있고, 어차피 명도소송을 한다고 해도 6개월은 걸리니까 열흘만 더 기다려 주세요. 한꺼번에 모두는 정산을 못 하고 석달 치는 반드시 월말에 보내드릴게요.

오히려 통보 안 한 것을 트집 잡아 기선을 제압했다.

─부탁드릴게요. 아시다시피 임대료로 생활하는 형편에 이렇게 오랫동안 밀리면 우리는 생활을 해나갈 수가 없어요.

거꾸로 사정을 하고 통닭만 샀다. 결국 수없이 연습한 녹음은 해보지도 못하고 돌아왔다. 그날 밤 한잠도 못 잤다.

*

오래전 나는 사무실을 임대해 쓴 적이 있었다. 자격증을 따고 대다수 사람처럼 곧바로 사무실을 오픈했다. 다른 사람이 쓰던 사무실을 꽤 많은 권리금을 주고 인계받았다. 남편의 정년이 몇 개월 후인데 아이들은 초등학교 입학도 하지 않았다. 장소는 대학교 앞 대로변이었다. 초보인데다 소위 뻥을 못 치는 성격 때문인지 운영이 힘들었다. 하지만 매달 돌아오는 임대료 지급일은 어김없이 돌아왔다. 어찌 그리도 빨리 돌아오는지 돌아서면 지급일이었다. 며칠 전에 준 것 같았는데…. 이런저런 걱정에 어느 날부턴 몸에 이상한 증상이 나타났다. 모든 게 귀찮고 그냥 잠만 자고 싶었다. 우울증 초기 진단을 받았다. 1년도 버티지 못했다. 남은 계약기간 중 6개월 치 임대료를 선불로 주고 그만뒀다. 계약한 기간이 1년 정도 남아 있었기 때문이었다.

오랜 시간이 걸려 입장이 바뀌었다. 상대의 고충을 몸소 체

험한 덕분에 나는 임대료 채근을 하지 않았다. 10년 전 상가를 구입할 때 부동산 중개사의 조언대로 반으로 쪼개 각각 2백만 원씩 받았는데 지금은 절반으로 줄었다. 해마다 장사가 안된다는 아우성에 내려 주다 보니 어느덧 임대료는 최초 임대료의 절반이 되었다. 지금은 양쪽 모두 체납이 몇 개월씩 됐다. 적더라도 차라리 은행에 넣어놓고 이자를 받는 쪽이 훨씬 속 편했으리라는 후회가 거듭됐다.

당시 수용당하고 받은 아파트도 말썽이었다. 모든 길은 로마가 아닌 강남으로 통했다. 특히 아파트 가격은 강남을 기준으로 이루어졌다. 강남까지의 거리를 따져 얼마나 가까운가를 가늠해서 가격이 형성되었다. 멀면 형편없는 가격이, 가까우면 높은 가격에 거래가 형성되었다. 입주 당시에는 이처럼 많은 차이가 나지 않았다. 당시엔 무조건 대형 평형을 선호하던 시절이었다. 수용 당시 원주민 중 100평이 넘는 단독을 가졌던 사람에게만 53평을 받을 수 있는 권리가 주어졌다. 최고 평형인 68평형은 복층구조로 인기 평형인데다 일반분양만 허락되었다. 당첨만 되면 로또를 맞았다고 할 정도였다. 반면 작은 평형은 32평이나 25평으로 시프트와 새터민이라는 탈북자용으로 배정되었다. 단지 내는 물론 같은 건물에서도 다양한 평형이 혼재해 더불어 살게 하겠다는 최초의 시도는 좋았으나 시간이 지날수록 중산층이 기피하는 아파트가 되었다.

입주 초기 부동산에 들렀을 때였다. 블랙그라마 밍크코트에, 알마니 안경을 받쳐 쓴 귀부인이 매입을 권유하는 부동산 중개사에게 한마디 했다.

─여기 새터민이랑 임대아파트가 혼재해 있다면서요?

옷차림과 어울리지 않게 잔뜩 이맛살을 찌푸린 채 물었다. 처음 듣는 새터민이라는 용어였다. 돈 있고 쾌적한 환경을 원하는 사람들은 절대 더불어 살기를 원하지 않았다. 입소문은 빠르게 퍼져나갔다. 53평만 400세대 정도가 미분양되는 사태가 벌어졌다. 다급해진 서울시에서는 지하철이나 신문에 광고를 했다. 분양가의 20%에서 30%까지 낮춰 몇 차례나 재분양을 했으나 역부족이었다. 4년 전에는 직접 전세를 놓다가 올 6월에야 겨우 분양을 마쳤다. 입주 후 10년이 지나 대지 등기를 마쳤으니 가격이 오를 리 없었다.

문제는 또 있었다. 국립공원 한 귀퉁이의 그린벨트를 풀어 대단지 아파트단지 조성을 했으니 도로가 문제였다. 시내로 나가는 길은 딱 하나뿐, 출퇴근 시간대에는 정체가 심했다. 지하철을 이용하다 보니 언제나 땅 밑으로만 다녀야 했다.

선거철만 되면 단골 메뉴가 등장했다.

—저에게 한 표만 주시면 산을 관통하는 터널 공사를 해서 지름길을 만들어드리겠습니다.

강이 없어도 다리를 놓아주겠다는 사람들이었다. 몇십 년째 공약公約은 공약空約으로 끝났다. 국립공원이라 환경문제에 걸린다고 했다. 도로 사정은 감안하지 않고 더불어 산다는 개념에만 매몰된 권력의 횡포였다. 말 그대로 그린벨트는 풀지 말았어야 했다. 하도 오래전 일이라 대지 지분이 등기조차 안된 건지 나 자신도 몰랐다. 지금은 53평 가격이 30평형과 비슷한 기현상으로 나타난다. 1인 가구의 증가나 경기의 퇴보도 대형 평형 기피 현상에 한몫했다. 10년 전 분양가에도 못 미치는 매물이 나와도 누구 하나 거들떠보지 않는 애물단지로 변했다. 전세마저 가구 수 감소로 6개월이 지나도 찾는 사람이 없었다.

2년 전에 들어온 사람이 분양받은 아파트에 들어간다며 전세금 반환을 요구했다. 어쩔 수 없이 융자를 신청했다. 융자도 쉽지 않았다. 그나마 소득 대비 융자를 해 줘 원금과 이자를 함께 상환하는 방식이었다. 은퇴자는 소득이 없어 해당조차 안

됐다. 보유세도 올랐다. 세금을 올려 더이상 부동산을 갖지 못하게 하려는 정책 탓에 팔려고 헐값에 내놔도 보러 오는 사람조차 없었다.

사람의 마음은 이상해서 내리는 시세에는 선뜻 물건을 사려고 들지 않는다. 반면 오를 기미가 보이면 너도나도 사려고 덤벼든다. 심리전이었다. 내리면 더 내릴 걸 기다리고, 오르면 더 오를까 봐 서둘러 사는 바람에 오를 때는 가격이 끝도 없이 올라가기만 한다.

*

관장이 말했다.

─오다가 보셨지요?

무얼 보았느냐고 묻는 건지.

─?

─지금 이 밑으로 주욱 내려가면 상가가 전부 비었어요. 지난해까지만 해도 여기는 비어있는 상가가 없었어요. 그런데 작년부터 하나씩 둘씩 비기 시작하더니 지금은 이 줄만 해도 다섯 점포가 비었어요.

500m 앞 대로변 지하철 역세권에 새로 들어온 '롯데몰' 영향인가 보았다.

그래서 우리더러 어쩌라는 건가. 나가지 않고 재계약을 원한다면서 늙은 주인을 불러내 구석진 방에 앉혀 놓고 빈 상가 얘기만 늘어놓는 관장을 이해할 수 없었다.

─아까 얘기한 대로 그 정도는 내려줘야겠습니다.

자신이 정해놓고 결정하기를 재차 요구했다. 여자도 하루아침에 안면을 바꾸었다. 2년 전 순수하던 새댁이 아니었다. 부동산에서 잔뼈가 굵은 탓인지 오히려 내게 따지고 들었다. 남아 있는 아파트 전세 물건을 다른 부동산에도 뿌렸다며 억지를 썼다. 다른 부동산에 줄 때는 분명히 양해를 구하고 주었는데 그걸 트집 잡았다.

2년 전 생각이 났다. 당시 초보였던 여자에게만 물건을 주었다. 세입자를 구하지 못해 8개월을 공실로 둔 적이 있었다. 이번에도 만기 5개월을 앞두고 여자가 운영하는 사무실에 미리 물건을 주었다. 역시 처리하지 못했다. 만기일에 맞춰 아파트를 분양받아 나가는 세입자가 안달이 났다. 전세금을 돌려받지 못하면 모든 일정에 차질이 생기기 때문이었다.

─사모님 한 곳에만 내놓지 말고 여러 곳에 뿌리세요. 나였

대도 단타보다 양타 쪽 물건에 신경을 쓰겠네요. 공동으로 거래를 성사시키면 각자 한쪽씩만 수수료를 받지만, 양타로 물건과 손님을 한꺼번에 맞추면 양쪽 수수료를 받기 때문에 그쪽을 밀거든요.

세입자의 조언이었다. 뒤늦게 다른 부동산에도 물건을 줬지만, 만기일까지 새로운 전세 세입자를 구하지 못했다. 이후 여자는 임대료를 넣지 않았다. 그간 날짜를 어긴 적이 없던 터라 아무 생각 없이 전화했다.

―내가 다른 곳에 물건 줬다고 삐쳤어?

부드럽게 말했다. 평소 무람없이 지내던 사이라 상대의 마음은 읽지 못했다.

―조만간 넣을게요.

짧고 억눌린 듯한 목소리로 한마디하고 전화를 툭 끊었다.

―?

열흘이 지나도 여전히 임대료가 들어오지 않았다. 카드 결제일이 다가왔다. 손님과 상담 중일 때 전화하면 피해를 줄 것 같아 문자를 넣었다.

―임대료 입금 부탁해요.

그게 화근이 된 줄은 한참 뒤에 알았다. 만기일은 코앞인데

새로운 세입자가 나타나지 않아 평소 자주 놀러 다니던 습관대로 사무실로 들어갔다.

―아직도 소식이 없어요? 왜 이렇게 사람들이 안 들어올까. 전세 물건도 우리 집 것 하나밖에 없다던데….

평소와 달리 냉랭한 표정을 짓던 여자가 느닷없이 나를 향해 쏘아붙였다.

―사모님 마음대로 다른 곳 물건 줬잖아요. 이제 난 신경 안쓸 테니 그곳으로 가 보세요.

문전박대를 당했다. 어이가 없어 멍하니 앉아 있는 내게 또다시 한 방을 날렸다.

―삐쳤어? 라니요. 언제부터 사모님과 나 사이가 그렇게 친했다고 그런 말을 하세요. 결국 사모님 마음대로 다른 곳에 물건 주고, 임대료도 나는 한 번도 안 밀렸는데 며칠을 못 참고 금방 전화하고, 옆 가게는 거의 1년이 밀려도 아무런 장치도 않으면서….

속사포같이 말을 쏟아 냈다. 평소 하고 싶었던 말이었을까 거침이 없었다.

―아니, 나는 한 번도 날짜를 어긴 적 없던 사람이 연락 없이 열흘씩이나 늦추니 혹시 무슨 일이라도 생긴 건 아닌지 걱정도

되고 해서….

진심이었다.

─임대인과 임차인의 관계가 그렇게 무람없이 대할 수 있는
관계인가요?

확인 사살을 했다. 망치로 뒷머리를 한 대 심하게 얻어맞은
듯 띵하게 아파왔다. 지금껏 나는 임대인과 임차인의 관계로
세입자를 대하지 않았다. 장사를 하지 못하는 나 대신, 동지로
서 장사가 잘되어야 그들도 살고, 나도 마음 편하게 임대료를
받는다는 생각에 개인적으로 사심 없이 지냈다. 하지만 상대방
은 그렇지 않았던가 보았다. 지난해 초 내가 입원 수술을 했을
때 죽까지 사 들고 온 여자였다. 그럼 지금껏 나에게 보였던 호
의는 철저하게 계산된 것이었던가. 그건 재계약 때 임대료 인
하를 요구하기 위한 작전이었나, 당황한 건 오히려 내 쪽이었
다.

*

문제는 세월이 흐른 후 주변 상권이 바뀐 탓이었다. 여자

가 들어오기 전에는 지하철 입구가 그냥 텅 빈 터였다. 1년 전부터 '롯데몰'이라는 어마어마한 '몰'이 들어서고 주변 나대지에 중소상가가 빽빽이 난립하여 건설됐다. 여자를 비롯하여 안쪽에서 장사하던 사람들 대부분이 앞쪽으로 이전하고 싶어 했다. 나라도 그럴 것이었다. 앞쪽은 지하철 역세권인데다 군소상가가 운집해 모든 업종이 망라돼 있다는 장점이 있다. 처음 대규모 상가가 들어서다 보니 입주 전쟁이 붙어 임대료까지 대폭 인하됐다. 또 하나, 퇴근 후 지하철에서 내려 이어지는 지하통로를 따라 몰에서 필요한 물품을 구입하고 바로 아파트로 들어오는 시스템이었다.

10여 년 전 거금을 들여 상가를 구입할 당시에는 미처 생각지도 못한 변수였다. 어떻게 할 도리가 없었다. 단지 안에 있던 대다수 세입자가 밖의 지하철 역세권으로 하나둘 이동했다. 반면 기존의 번화가인 몫 좋은 단지 내 상가는 빈 점포로 남는 현상이 이어졌다. 임대료 인상 폭 상한선이 연 5%를 넘지 못하게 한다는 정부의 '상가임대차보호법'도 이쪽 동네선 해당이 안됐다. 매년 장사가 안된다며 사정을 할 때마다 인하해 주다 보니 지금은 최초 임대료의 50%로 떨어졌다.

상가투자는 열 명 중 한 명 정도만 성공한다는 말이 있다. 하지만 이렇게 빨리 거덜이 날 줄은 몰랐다. 그나마 분양 후 등기까지 마쳤으니 다행으로 여겨야 할까.

분양상가는 위험부담이 크다. 물론 돈이 많다면 번화가에 있는 건물을 큰돈 들여 사거나 땅을 사서 지으면 될 테지만, 대다수 은퇴자는 그렇지 못하다. 적은 돈으로 상가를 구입해 월세를 받아 생활하기를 원한다. 정부에서 수용하여 분양하는 건 안전하기는 하지만 기존 원주민 몫이라 일반인들은 제한을 받는다. 반면 민간업체가 짓는 단지 내 상가는 금액이 터무니없이 높아 거금을 들여 들어간다고 해도 요즘은 단지 내 상가에서 물품을 구입하는 사람이 거의 없다. 자동차로 주변 대형 마트에서 장을 보는 상황이라 상가로서의 효용가치가 떨어진다. 반면 택지지구에 큰 땅을 사서 분양하는 개인 분양업자들은 일단 땅값만 지불하고 그 땅을 담보로 융자를 받아 상가를 짓는다. 경기가 좋아 분양이 잘되면 문제가 없지만, 짓는 도중이나 처음부터 경기가 좋지 않은 시기엔 1층을 제외한 나머지 층은 분양이 잘되지 않는다. 짓다가 부도가 날 확률도 높다. 그들은 분양과 동시에 건물을 짓기 때문에 설사 아래층 분양은 잘했더라도, 위층 분양이 잘 안되면 더이상 건축비를 마련하지 못해 준공 후 등기까지 가는 게 쉽지 않다. 어느 날 함께 근무했던 아는 동생이 전화했다.

—언니, 경기도 외곽에 있는 대학 앞에 짓는 상가를 분양받았는데 한번 와 보실래요?

자랑했다. 본다고 뭘 알 것도 아니지만 궁금했다. 안전하게 한다고 1층을 받았다고 했다. 새롭게 조성되는 개발지에는 그곳을 포함해 여러 곳에서 상가를 짓느라 한창이었다. 위치는 대학 앞이라 나무랄 데 없었지만, 끝까지 지을 수 있을지 걱정이 됐다. 그로부터 몇 개월 후였다.

—언니, 큰일 났어요. 우린 망했어요.

두 마디 말만 내뱉은 후 울기부터 했다. 걱정이 현실이 됐다. 젊은 업자였는데 땅을 담보로 융자와 사채를 끌어다 진행했지만 1층을 제외한 나머지 층이 분양이 잘 안됐단다. 결국 부도가 났다. 인건비를 주지 못해 짓던 건물 외벽에 커다랗게 '유치권 행사 중'이라는 현수막이 나붙었다. 업자는 바로 행방을 감췄다. 분양은 반도 안 되고 자금은 없으니 더이상 건물을 올릴 수가 없었던 모양이었다. 당연히 등기도 못 했다. 분양받은 사람들끼리 소송을 해 봤지만 추가로 변호사 비용만 날렸다.

나는 안전하다고 믿은 정부의 수용구역에서 원주민에게 높은 P를 주고 샀다. 당시엔 어디에 내놔도 손색이 없을 정도로 은행 이자보단 유리했다. 10년 후. 천지개벽이 됐다. 당연히 상권이 옮겨갔다. '몰'은 블랙홀처럼 주변 상가들의 업종을 빨아들였다. 엄청나게 높은 권리금이 붙었던 우리 상가도 예외는 아니었다. 당장 생활하는 게 힘들어졌다. 다달이 나오던 임대료는 지금 나오지 않는다. 보증금도 거의 바닥이 났다. 다른 입주자가 들어올 확률도 희박하다. 모두들 '몰' 주변의 역세권 상가로 몰려가기 때문이다. 단지 내 상가는 이제 몇 가지 업종을 제외하곤 아예 문을 닫거나 대폭 내려간 임대료로 겨우 명맥만 유지해야 할 형편이 됐다.

사람의 심성은 비슷하다. 자기가 필요할 땐 무엇이든 너그럽게 고개를 숙이다가도 반대 입장이 되니 하루아침에 얼굴을 바꿔 민낯을 드러낸다. 여자만큼은 순수하게 그대로 있기를 원했는데…. 세월의 힘을 깨닫지 못한 내가 바보였던가, 아니면 세상 이치가 그런가.

*

—갑자기 그건 너무 심하지 않소.

남편의 말에 관장이 큰 소리로 우리를 윽박질렀다.

—그럼 우리더러 나가라는 말이요?

스스로 결정을 하고 수용하기를 요구하는 태도로 다그쳤다.

—나가라는 게 아니고 적당하게 절충을 하자는 얘기요.

평소와 다르게 남편이 침착하게 응수했다.

—그럼 뭐요? 얼마를 내려 주겠다는 거요?

당장 자리를 박차고 나오고 싶은 걸 억지로 참았다. 남편과 관장, 성질 급한 두 남자의 신경전을 지켜보며 생각했다. 어쩔 수 없다. 비워두는 것보단 낫다는 생각이 들었다. 결국 관장의 요구를 들어줬다.

세상엔 을보다 못한 갑도 있다. 반면, 을 같지 않은 을도 있다. 남편은 투자하고 부인은 취미로 가게를 운영하는 사람들이다. 평생을 개미처럼 일해 집 한 채 가졌거나, 퇴직금으로 작은 점포 하나 사서 임대하는 사람들은 대다수 국민이 받는 노령연

금조차 받지 못한다. '소득분배정책론'의 맞춤 행정에 가려진 임대인의 목소리는 개미허리만큼 작아질 수밖에 없다. 몇 개월째 임대료 한번 받아보지 못해 생활고에 시달리는 나는 과연 갑일까? 아님 갑 같은 을일까? 내일 청소부 자리라도 알아봐야 할까 보다.

발문

힘과 거리로 빚어낸 나와 우리의 구리거울

구효서(소설가)

힘1 – 기억과 묘사

『그래도 남는 마음』에서 황수연 소설의 주요 서사 전략은 기억과 묘사다. 기억은 다채롭고 묘사는 정밀하다.

이 다채로움과 정밀함에 대해서는 설명이 필요하다. 기억의 다채로움에 관해 먼저 말하자면, 황수연 소설의 기억은 인풋과 아웃풋의 단순한 기능값으로서의 기억이 아니다. 기억의 저장고를 살피고 필요한 항목을 골라 꺼내는 기본적인 선별 과정은 말할 것도 없고, 그것을 서사에 맞춤한 제원으로 가공할 뿐만 아니라 때로는 그 가공의 수단으로서 과감하게 상상의 요소마저 차용하기도 한다. 게다가 그의 기억 사용법은 시간을 소급

해 먼 과거에서 가져오는 식이기도 하지만, 그 과거라는 것이 현재 없이는 성립하기 어려운 조건이라서 현재의 시간도 그의 소설에 있어서는 기억의 범주에 속한다는 특이점을 지니게 된다. 그러니 다채롭지 않을 수 없다.

묘사 또한 세밀한 것에서 그치지 않는다. 기억을 서사에 맞춤한 제원으로 가공하는 기술이 정확하여 치밀할 뿐만 아니라, 적확하기도 하여 소설의 주제 맥락에 활력과 윤기를 더한다. 문장 길이의 장단과 감각의 깊이를 조정하는 솜씨로 마침내 가능해지는 정확하고 적확한 묘사이기에 세밀을 넘어 정밀하다고 하지 않을 수 없다.

이러한 묘사 능력에 의해 소환되어 한껏 펼쳐지는 가깝거나 오래된 기억들은, 비록 작가의 노력에 의해 소개되는 것이기는 하지만 어찌 보면 서사 효용성의 동기에 힘입어 기억 자신의 역동성에 의해 스스로 발현되는 것이라고도 할 수 있다.

그래서 황수연 소설에 출현하는 기억들을 스피노자의 명명법을 빌린다면 '능산적能産的 기억'이라 할 수 있을 것이다. 정밀한 묘사에 의해 자체적으로 획득된 능산의 힘이 소설이라는 마키나(machina)를 통해 출몰하는 기억.

힘2-진솔한 염원

스스로 또는 다른 사물을 움직이게 하는 능력이나 작용을 힘이라고 할 때, 황수연 소설에서 정밀한 묘사의 토양에 서식하는 능산적 기억은 어떠한 힘이며 그것은 어째서 출현해야만 하는지 살펴볼 필요가 있다.

이해를 돕기 위해 잠시 그림에 빗대 얘기하자면 황수연 소설은 풍속화에 가깝다. 이 풍속화라는 장르는 서양미술사에서는 16세기에 이르러 등장하게 되는데, 참고할 만한 작품으로는 1568년경에 그려진 피터 브뢰헬의 〈시골의 결혼 잔치〉를 들 수 있다.

풍속화 바로 이전 시대에는 풍경화가 있었다. 풍경화에는 인물이 거의 등장하지 않아 서사성을 논할 여지가 없으나 '풍경으로서의 풍경'이라는 의미가 있다. 참고할 작품에는 1526년경에 그려진 알브레히트 알트도르퍼의 〈풍경〉을 들 수 있는데, 작품의 제목이 비로소 '풍경'이듯이 이 작품 이전에는 풍경다운 풍경으로서의 풍경화가 없었다. 배경이나 효과로서의 보조적 풍경이 있었을 뿐 풍경 자체가 전적으로 묘사의 주인 대상인 적이 없었다. 〈풍경〉 이후로 마침내 풍경이 주인이 되는 그림이 등장했고 머지않아 사람(들)이 주인이 되는 그림이 등장하니 그게 바로 풍속화다. 물론 그 전에도 인물이 주인공인 그림이 없지 않았으나 신화나 상상 속의 인물이거나 영웅, 왕, 귀족이었을 뿐이다. 나무 한 그루와 흰 구름이 주인공인 풍경화가 탄생했듯이, 머잖아 이름 없는 필부필부들의 군상과 그들의 소박한 살림살이의 진실이 주인이 되는 풍속화가 등장했던 것이다.

이러한 회화사적 흐름은 우리 역사에도 있었다. 풍경이되 우리의 풍경이 아닌, 중국이거나 상상 속 풍경을 그리다가(이인문의 〈강산무진도〉 등 참조) 18세기에 이르러 마침내 진짜 우리의 실제 산천 풍경이(겸재 〈건려방매騫驢訪梅〉 등 참조) 등장했으며, 그와 때를 같이 하여 진경산수(〈금강사군첩金剛四郡帖〉 등 참조)는 물론 조선 최고의 풍속화(〈씨름〉〈점심〉〈서당〉 등 참조)를 그린 김홍도가 출현하는 것이다.

간략한 미술사를 언급하면서 '흐름'과 '출현'이라는 말을 썼듯이, 신화와 풍경을 거쳐 사람살이의 진경이랄 수 있는 풍속화가 도래하는 데에는 그에 해당하는 힘이 작동했다고 볼 수 있다. 풍경화가 탄생한 것이 자연 속 한 그루 소나무가 자신의 존재를 알리려는 의지 때문이었다고 한다면, 풍속화가 탄생한 것도 이제는 왕과 영웅이 아닌 소박한 나와 이웃들의, 삶에 대한 진솔한 염원 때문이었다고 할 수 있겠다.

그림에 빗대어 얘기하자면 황수연 소설은 풍속화에 가깝다고 했듯이, 그리하여 황수연 소설에서 주목해야 할 것은 무엇보다 작품 안에 등장하는 사람(들)이라는 점이다. 그리고 서사 안에서의 그들의 역할과 위상을 파악하기 위해서는 그들이 처해있는 상황을 공간, 시간, 인간 3축에 의해 분석할 필요가 있다. 그리하여 그들의 염원이 무엇이며 그것이 자신의 존재를 알리며 출현해야만 하는 이유를 짚을 수 있을 것이다.

거리1 – 환유의 방정식

소설에서의 공간과 시간은 공히 거리에 연동한다. 『그래도 남는 마음』에서는 서울과 고향이라는 대표적 공간들 사이의 거리가 있고, 같은 서울이라도 기자촌과 수서와 그 외 이사해 살았던 지역(「이웃들」) 간의 거리가 있다. 그런가 하면 시간적으로는 거리가 먼 과거(「그래도 남는 마음」「만년필」)의 기억이 있고 거리가 가까운 현재(「나에게도 할 말은 있어요」「황혼의 블루스」)의 갈등이 있다. 인간 항목에다가 거리라는 요소를 끌어들이면 소위 '관계'라는 체계가 도출되어, 가깝게는 가족, 멀게는 이웃과 남이라는 경계가 생긴다(「둥지」「두 여자」). 이러한 거리의 방정식은 일테면 '고향(공간)-과거(시간)-어머니(인간)' 혹은 그와 대립되는 '서울-현재-나'와 같은 관계 도식을 무수히 발생시키면서 황수연의 이야기는 끝이 없어진다. 공간, 시간, 인간 사이에 그어진 하이픈(-)을 체(「그래도 남는 마음」)나 만년필(「만년필」), 세컨하우스(「저수지 가는 길」), 남매계(「둥지」), 선거유세(「이웃들」), 시험감독(「시험 감독 하는 날」), 부동산(「나에게도 할 말은 있어요」), 수영(「황혼의 블루스」) 과 같은 친근한 일상의 오브제들로 매개하는 환유의 글쓰기가 바로 황수연의 소설인 까닭이다.

거리2-메타인지

『그래도 남는 마음』이 취하는 거리 운용법의 특이점은 무엇보다 작품과 작가, 작품과 독자 사이에 위치하는 거리의 물질성을 새롭게 환기하는 데 있지 않을까 싶다. 황수연의『그래도 남는 마음』이 기본적으로 풍속화이기는 해도 미술사에 등장하는 풍속화와는 그 의미와 존재방식에서 근본적 차이를 보이기 때문이다. 황수연의 소설들이 진화된 형식의 새로운 풍속화(neo-genre painting)라고 할 만한 이유도 여기에 있다.

황수연은 그림을 그리듯 기억의 풍경과 인물들을 묘사하고 있기는 하지만, 그려진 소설을 캔버스적 마티에르(matière)로 인식하지 않으려는 태도를 보인다. 쓰는 작가나 읽는 독자를 몰입하게 할 만큼 서사성이 강하거나 사건과 갈등의 굴곡이 심하지 않다. 대신 집요하리만큼 가만한 묘사로 현대 회화의 2차원적 효과를 견지한다. 정밀한 묘사로 세공해 내는 이와 같은 유리질의 표면성을 일컬어 거울의 질감이라고 하면 어떨까.

황수연의 소설들은, 몰입보다는 작품과 독자 사이에 존재하는 물성의 거리를 자각하게 함으로써, 다만 그 자리에 서서 우두커니 작품인 거울을 응시하게 한다. 그리고 거울 안의 우리(들) 자신에 이입하게 하기보다는, 대상으로서의 우리를 거리를 두고 바라보게 한다. 우리가 작품 속의 우리에 몰입하여 우리를 잊게 하는 것이 아니라, 작품 속의 우리를 바라보는 우리를 자각하게 하여 우리를 잊지 않게 하는 것이다.

두 가지의 거울 앞 상황을 생각해볼 수 있다. 거울을 보면서 거울 속 자신의 모습에 반하는 경우와, 거울을 보면서 새삼 자신이 낯설어지는 경우. 어느 쪽이 자신을 제대로 비추는 거울일까. 같은 평면도度의 거울 앞에서도 이처럼 결과가 상이할진대, 하물며 평면도가 일정하지 않은 거울이라면 그 차이는 더 심해지지 않을까.

황수연의 소설 거울은 거기에 비추어보는 작가나 독자로 하여금 '과연 나구나!'라고 감탄하게 하기보다는 '이게 나라고?'라며 당황하게 한다. 그게 나인 것임에도 불구하고 그렇다. 이를 메타인지효과라고 말할 수 있을 것이다. 자기를 낯설게 비추어 보는 것. 자기를 낯설게 비추어보는 거울로서의 소설 자화상.

작품 속 인물들인 '우리'를 대상으로 이름할 때는 풍속화일 테지만, 작품 속 인물 중에서도 특히 '나' 개인에 국한된 것이라면 자화상이(autobiography fiction)라고도 이름할 수 있지 않을까. 아닌 게 아니라 황수연의 소설들에는 무수히 동일한 '나'가 등장한다. 나의 어머니는 늘 그 어머니고 나의 남편은 언제나 그 남편이며 나의 자식들은 어느 이야기에서든 늦둥이 이란성 쌍둥이이니 당연히 딸이며 아내며 엄마라는 인물은 언제나 '나'일 수밖에 없다. 새로운 풍속화에서 '우리'를 그렇게 비추었던 것처럼 새로운 자화상에서도 그런 '나'를 낯설게 비춘다.

나는 나를 비추는 거울과의 거리를 좀처럼 좁히지 않은 채 우두커니 나 아닌 나를 응시한다. 응시하는 나와 응시되는 나 사이에 숨 막히는 긴장이 흐르는 것은 물론이다. 황수연의 진화된 형식의 새로운 소설 풍속화와 자화상은 이처럼 무언가를 재현하여 관객에게 보여주려는 그림이 아니라, '우리'와 '나'가 우리와 나를 비추어보기 위한 성찰적 미러페인팅(mirror painting)이라는 점이 기존의 화풍과 근본적으로 다른 점이다.

일찍이 윤동주도 그런 구리거울의 시(〈참회록〉)를 '밤이면 밤마다 닦았'고, 풍경과 풍속과 인물이 손바닥만 한 화폭에 통합된, 유례를 찾기 힘든 장욱진의 자화상도 멋진 거울 같지 않을 수 없다. 이 모든 것들이 그들만의 기억과 묘사로 고유한 경면을 빚어냈기에 가능한 일이었다.